LOCUS

LOCUS

L O C U S

LOCUS

to

fiction

to 102
一匹馬走進酒吧
סוס אחד נכנס לבר
作者：大衛・格羅斯曼（David Grossman）
譯者：陳逸軒
責任編輯：翁淑靜　封面設計：張士勇
內頁排版：洪素貞　校對：陳錦輝
出版者：大塊文化出版股份有限公司
台北市10550南京東路四段25號11樓
www.locuspublishing.com

讀者服務專線：0800-006689
TEL：(02)87123898　FAX：(02)87123897
郵撥帳號：18955675　戶名：大塊文化出版股份有限公司
法律顧問：董安丹律師、顧慕堯律師

總經銷：大和書報圖書股份有限公司
地址：新北市新莊區五工五路2號
TEL：(02) 89902588　FAX：(02) 22901658
初版一刷：2018年2月
定價：新台幣300元
Printed in Taiwan

סוס אחד נכנס לבר

一匹馬走進酒吧

大衛・格羅斯曼（David Grossman）著
陳逸軒 譯

「晚安！晚安！美麗的該撒利……亞……市晚安！」臺上沒有人，報幕聲在舞臺側邊轟鳴大作。席間慢慢靜了下來，觀眾滿臉開懷期盼。一名身材矮小的四眼田雞腳步蹣跚地從側門上臺，一副被人踹上來的模樣。他踉蹌了幾步後跌倒，雙手撐在木質地板上止滑，直挺挺地把後庭翹得老高。觀眾席傳來零星的噴笑與掌聲。此時人們都還在入場中，交談聲不絕於耳。「各位女士先生！」燈控臺前寡言的男子宣布道。「請以掌聲歡迎多瓦萊赫．G！」臺上的男子依然趴著像隻猴子一樣，鼻梁上好大一副眼鏡歪了一邊。他緩緩將臉轉向觀眾，眼神掃過整個房間，一眨也不眨。

「咦，慢著。」他咕噥了一句，「這裡不是該撒利亞，對吧？」笑聲響起。他慢慢站了起來，拍拍手掌。「看來我又被經紀人耍了。」有觀眾出聲抗議，他一臉驚恐地看著他們，「你說什麼？請再說一次。第七桌，對，就是你，剛去做新嘴唇那位——整得很好看就是了。」該女子隻手摀嘴呵呵笑了起來。表演者挨著舞臺邊站著，身子搖搖晃晃。「親愛的，說正經的，你剛才真的說這裡是內坦亞[1]？」他眼睛睜得老大，

1 內坦亞（Netanya），以色列中部城市，位於地中海沿岸，特拉維夫以北三十公里，海法以南五十六公里。內坦亞在希伯來語中的含義是「上帝的禮物」。

簡直要從鏡框裡冒了出來。「先讓我搞清楚。老天爺行行好，你當真要坐在那裡跟我說，我此時此刻人真的在內坦亞，但身上卻沒穿防彈背心？」他一臉驚恐地伸手護著褲襠。觀眾哄堂大笑，有些人吹起口哨。成雙成對的觀眾陸續緩緩入場，後頭跟著一群吵鬧的年輕人，看來像是放假中的阿兵哥。小小的會場逐漸坐滿人，相識的互相揮手致意。三名身著超短熱褲與亮紫色背心的女服務生從廚房裡走出來，各自散開展開服務。

「豐唇小姐，我說啊——」他對七號桌女子微微一笑——「事情還沒結束哪。我們得好好談談。說實在的，你看起來是個認真的好女孩，時尚品味也很有自己特色，要是我沒看錯的話，你那頭迷人秀髮的設計師一定是——讓我猜：就是蓋出聖殿山圓頂清真寺與核子反應爐的傢伙對吧？」觀眾哄笑。「而且我沒搞錯的話，我從你那個方向聞到一絲撒大錢的味道。我說得沒錯，對吧？如何？頂級名牌香水？不是嗎？什麼都沒噴？會這樣問，是因為我也留意到你打了忒多肉毒桿菌，更別說那做過頭的縮胸手術。真要我說的話，幫你做的醫生真該斷手才對。」

女子雙臂護胸，雙手掩住臉頰，整個人笑得花枝亂顫。男子講話時，一邊快速地在舞臺上踱步，不住磨蹭雙手，眼神環視全場。他腳上蹬著厚底牛仔靴，走路時後腳跟發出粗糙的躂躂聲。「親愛的，我只是想知道，」他眼睛壓根兒沒朝著人家看，「像你這麼有智慧的女性，怎會不曉得這檔事得考慮清楚後小心謹慎地說才行。你不能劈頭就來這麼一句『你人在內坦亞』。砰！你是有什麼毛病？你得讓人家有心理準備才行，況且對方還骨瘦如柴呢。」他掀起身上褪色的T恤，引起滿場驚呼。「沒錯吧？」他轉身將袒露的胸膛對著舞臺兩側的觀眾，咧嘴笑了起來。「看到沒？皮包骨，大部分都是軟骨。我向天發誓，我要是一匹馬的話，早就被做成醬糊了，你知道我在說什麼吧？」觀眾報以乾笑與嫌惡聲。「妹妹，我要說的是呢，」他轉頭面向女子，「下次啊，你要跟別人報什麼消息時，千萬要小心哪。先麻醉他，讓人家麻痺，拜託好嘛。你要輕輕按摩耳垂使他麻痺，一邊說：恭喜啦，人中俊彥多瓦萊赫，您中獎了！您獲得資格參加海濱平原的特殊實驗，本實驗不會花您太多時間，九十分鐘、頂多兩小時，對一般人而言這是暴露於此地點的安全時間上限。」

觀眾笑了，男子卻顯得驚訝。「你們這些蠢才笑什麼笑？這笑話就是在損你們呀！」笑得更大聲了。「慢著，先搞清楚再說，他們有說明你們只是暖場觀眾，待會兒正牌的觀眾才要進場嗎？」會場角落傳來口哨、嗤笑與噓聲，還有人搥起桌子來，但大部分觀眾都被逗樂了。一對身材高䠷的觀眾走了進來，兩人都有著一頭輕柔的金色瀏海。那是一對年輕男女，或許是兩個男人也說不定，身著黑色勁裝，臂膀下夾著機車安全帽。舞臺上的男子瞄了他們一眼，眉間微微一皺。

他不斷使招，一下朝空氣出拳，一下閃躲看不見的對手，身手有如職業拳手般輕盈矯捷。觀眾們愛極了。他拱起雙手罩在眉上，掃描昏暗的房間。

我正是他在找的人。

「兄弟，這話我只對你說，我現在可以向你發誓，我愛死內坦亞了，真的愛到不行，是吧？」「沒錯！」幾名年輕觀眾大喊出聲。「我應該解釋一下，週四晚間能在貴寶地與各位相聚，我有多麼開心；這裡不僅是迷人的工業區，此時我們甚至還置身地下室裡，就在我使出十八招抖包袱取悅各位的同時，幾乎可以直接碰觸到豐饒的氡礦蘊藏——我沒說錯吧？」「沒錯！」觀眾大聲回應。「才怪。」男子開心地揉著雙手說道。「除了十八招之外都是一派胡言，我得老實跟各位說，我受不了你們這座城市。內坦亞這爛地方教我毛骨悚然。街上一半的人看上去都像參加證人保護計畫躲到了這裡來，另一半則像將他們用黑色塑膠袋裹起來丟進後車廂的人。我是說真的，要不是我得付贍養費給三名可人兒，還得扶養一、二、三、四、五——算算總共五個小孩——我向天發誓，今晚站在各位面前的這個傢伙，是史上第一位得到產後憂鬱症的男性。五胎是怎麼生的！其實是四胎，因為其中有一對是雙胞胎。還是得算五胎才對，要是你算上我出生後憂鬱症發作次數的話。但對各位親愛的內坦亞居民來說，那一切鳥事到頭來算因禍得福，要不是那些乳牙還沒掉光的小吸血鬼，我根本——絕對！——不可能收下約阿夫開的區區七百五十塊謝克爾，今晚來此登臺，更別說還不能報開銷，也沒半句謝意。各位朋友，我親愛的觀眾，咱們這就開始吧，大家今晚來熱鬧一下！一起嗨翻天！請為內坦亞女王熱烈鼓掌！」

觀眾鼓起掌來，雖然突如其來的情緒逆轉搞得他們一頭霧水，卻還是折服於他熱切的呼喊之下，他嘴邊浮現的親切笑容也讓整張臉變了個樣。剛剛那個尖酸刻薄滿腹委屈的人不見了，彷彿照相機的閃光燈一亮，瞬間換成了一位說話溫文儒雅的知識份子臉龐。這樣的人不可能從嘴中吐出方才那番發言的。

自己把觀眾搞得昏頭轉向，他顯然很得意。他以一腳為軸，如圓規畫圈般慢慢轉身。轉完一圈後臉色一沉又糾結了起來，「內坦亞的居民，我有個大好的消息要宣布。事情就是這麼巧，今兒個八月二十號，正好是本人的生日。多謝，感恩，你們太客氣了。」他鞠躬回禮。「沒錯，五十七年前的今天，這世界稍微變得慘了些。謝謝啊，親愛的。」他大搖大擺地在舞臺上昂首闊步，假裝拿著扇子搧自己的臉。「你們人真好，真的，不必如此，我承受不起，各位散場時可以將支票放進箱子裡，表演結束後也可以拿大鈔塞在我胸前，要是有帶打炮券來的現在就可以上臺了。」

有人舉杯向他致意。此時幾對觀眾入場大聲喧鬧，男人們還邊走邊拍手，走到靠吧臺的桌子坐下。他們揮手向他打招呼，女人們還大喊他名字。他瞇起眼睛，感覺像是近視一樣，有一搭沒一搭地揮手回禮。我明明坐在房間最底部，他卻一次又一次轉頭看過來。從一站到臺上開始，他便不斷搜尋我的眼光。但我無法直視他。我不喜歡這裡的空氣，我討厭他呼吸的空氣。

「在場有人超過五十七歲嗎？」零星有人舉手。他仔細打量這些人，頷首致意。「內坦亞，我服了你！能活這麼久算你厲害！畢竟在這種地方能撐到那等歲數不簡單哪，對吧？約阿夫，燈打過來觀眾席讓大家瞧瞧。小姐，我是說五十七，不是七十五哪……大家稍安勿躁，一個一個來，讓多瓦萊赫為大家服務。好的，第四桌，你剛說啥去了？你也快五十七了？五十八？厲害厲害！算你狠！簡直走在時代尖端！你說那是什麼時候的事？明天嗎？生日快樂！先生，請問大名？什麼？再說一次？約啥——約萊伊？你沒在開玩笑吧？哇靠，你真的被你爸媽整得很慘哪。」

名叫約萊伊的男子笑得開心，他身形豐腴的妻子貼上來揉著他的大光頭。

「老兄，請問隔壁那位太太，忙著捍衛領土那位，是約萊伊夫人嗎？兄弟，堅強點。你可能認了『約萊伊』這個名字，希望那是你人生中最後一項打擊，對吧？你到三歲大才理解你爸媽幹了什麼好事——」他沿著舞臺緩步前進，作勢拉著小提琴——「你自己一個人坐在托兒所的角落裡，咀嚼著你媽放在午餐盒裡的生洋蔥，坐在一旁看著其他小孩遊玩，此時你告訴自己：『約萊伊，振作一點，人不會那麼倒楣連續被雷劈兩次。』意外吧！雷神就是鎖定你了！約萊伊太太晚安哪！親愛的，咱們都那麼熟了，你是否願意透露一下，老公生日你準備了怎樣的小淘氣驚喜呢？我說啊，光是這樣看著你，我就知道你現在腦裡在想什麼：『約萊伊寶貝，看在是你生日的份上，我今晚就答應你了，不過你甭想幹一九八六年七月十日那天搞的花樣！』」觀眾捧腹大笑，連那位太太都笑到臉歪了。「約萊伊太太，請告訴我——」他聲音低到彷彿在說悄悄話——「這件事我保證不說出去，你當真認為自己的項鍊和鏈子能遮住那麼多層下巴嗎？不，我說真的，你覺得這樣公平嗎？現在全國厲行撙節政策，以色列有多少年輕人只養得起一層下巴——」他邊說邊摩挲自己後縮的下巴，這有時讓他看似受驚的鼠類——「你卻坐擁兩層——不對，等一下：是三層！太太，光是你那個大脖子撐起來的皮，便足夠幫占領特拉維夫活動多搭一排帳篷了！」

笑聲零零散散，約萊伊太太笑得很勉強。

「順道一提，內坦亞的朋友們，既然都談到了我的經濟學理論，我想趁機說明一下，以免有人誤會我贊成資本市場的全面性改革。」他說到喘不過氣來，雙手插腰哼了下鼻子。「我跟你們說啊，我可是個天才呢，常常會說出連我自己都不懂的話。聽清楚了，至少在過去十分鐘內我被說服了，稅收應該以納稅人的體重為唯一標準，得秤斤秤兩來算！」他又往我這裡看，這次眼神銳利警覺，似乎想從我身上找出他記憶中那名削瘦的男孩。「請問各位，還有比那樣更公平公正的方式嗎？沒有比那更合理的方法了！」他再度掀起襯衫，慢慢往上捲，吊人胃口似地漸次露出橫著一道傷疤的凹陷腹部、窄胸，以及凸得嚇人的肋骨，緊繃的皮膚上滿是皺紋與爛瘡。「就像剛才說的，可以用有幾層下巴來計算，不過以我看來，用課稅級距也好。」他的襯衫還沒放下來，有些人不由自主地盯著看，有些則輕歎出聲別開視線去。他毫不掩飾自己飢渴的眼光，審視著觀眾的各種反應。「我堅決要求政府實施累進制的皮肉稅！課稅標準以腰間肉、啤酒肚、屁股、腿庫肉、橘皮組織、男性女乳症，還有婦女蝴蝶袖下垂的程度來計算！這套方法的好處在於你沒辦法要花招瞞混或誤判：體重增加了就得繳稅！」他終於放下衣襬。「不過說真的，我搔破頭也想不透，跟賺錢的人收稅究竟是怎麼一回事？這當中的道理何在？內坦亞的朋友們，請聽我娓娓道來：稅賦應該只找被國家認定是幸福快樂的人收才對。我說的是那些年輕、健康、樂觀，會自顧自笑著，白天吹口哨晚上有搞頭的人。只有那些豬頭才該繳稅，而且應該剝奪他們所擁有的一切！」

大部分觀眾鼓掌表示支持，但有一些觀眾，大部分是年輕人，噘起嘴來喝倒采。他拿起一大條馬戲團小丑的紅色手帕擦去額頭和臉頰的汗，讓兩個陣營的人自己好好吵上一頓，堪稱皆大歡喜。與此同時，他喘了口氣，又伸手遮起眼睛上方作勢尋找我的位置，他存心想看到我的眼神。被他找到了——我倆眼光交會，希望沒有別人看見，我這麼祈禱著。你來了，他的眼神這樣說道。瞧瞧歲月把你我都給怎麼了，如今我就在你面前，不要心軟。

他很快轉過身去，舉起手要觀眾安靜。「你說什麼？我聽不見？九號桌請大聲點！好，不過請你先解釋一下，你們是怎麼辦到的，我始終搞不清楚哪。你說什麼，辦到什麼嗎？就是你們眉頭怎麼能連成一線哪！我是說真的，跟大家說說，你們是怎麼把眉毛連在一起的？你們在種族新訓班會教這個嗎？」他頓了一會兒，接著一鼓作氣衝下去，「說到這裝黑臉嚇人，我爹可是強硬派的修正主義支持者，他超崇拜加博亭斯基[2]——敬禮！」有幾桌不顧他人反應拍起響亮的掌聲，他不屑地揮手打發。「好啦，第九桌的，跟我講講話。別客氣，都算在我身上。啥？賈不妙[3]，我不是在開玩笑，今天真的是我生日。差不多就是這個時辰，在耶路撒冷的哈達薩舊醫院裡，我母親莎拉．格林斯坦即將臨盆。很不可思議，對吧？她還說一切都是為了我著想，結果還把我生下來！想想看，有多少審判、牢獄、辦案與犯罪題材的作品因謀殺而起，卻從沒聽過生小孩能引發什麼東西！沒有所謂的預謀生產、過失致生、意外出生，甚至沒有煽動生產這種事情！別忘了，這種犯罪的受害人還是未成年孩童呢！」他嘴張得大大的，死命用手搧風，一副快要窒息的模樣。「我們這兒有法官嗎？還是律師？」

我整個人縮進椅子裡。別被他的眼神給壓制住了。幸好隔壁有三對年輕觀眾舉手示意，原來他們是那幾所新大學的法學院學生。「滾出去！」他揮手踢腿厲聲咆哮，觀眾報以口哨噓聲。「死神的使者——」他笑到岔氣——「現身於一名律師面前，宣告他陽壽已盡。律師開始哭喊著說：『可是我才四十歲欸！』死神使者便回他說：『但就你索費的時數看來可不只哪！』」猛然一擊逆轉整個情勢。那幾個學生笑得比誰都大聲。

「現在來談談我母親。」他臉色一沉。「陪審團的女士先生，請專心聽我說，這可不是在開玩笑。據說呢，這只是傳言啦，我一生出來交到她手上時，他們看到她臉上綻放笑顏，甚至可說是喜悅的笑容。我告訴你們，這根本不可能！簡直是在毀謗我！」觀眾笑了。男子驀地跪倒舞臺邊，屈身俯首。「媽，原諒我，我搞砸了，我背叛你了，我又為了博君一笑出賣你了。為了搞笑我無所不用其極，我無法住手……」說完他倏地站了起來，搞得自己頭暈站不穩。「我現在是認真的，不是在開玩笑，她是全世界最美的母親，我向老天發誓，現在找不到她那樣的媽媽了。她有湛藍的大眼眸——」他撐開雙掌，我想起他兒時明亮深邃的碧藍眼眸——「她也是這世上最錯亂、最哀傷的人了。」他作勢在眼底畫出一道淚痕，嘴巴卻圈起笑容。「她生出來就是這樣，人生就抽中了這支籤。我不是在抱怨，我爸也不在意，真的，他不在意。」他頓了會兒，猛抓自己頭兩側的髮簇。「欸……讓我想一下要講什麼……啊！他是理髮師，手藝很巧，幫我理髮時也不算我錢，雖然那樣有違他做事原則。」

他又瞄了我一眼，想看我有沒有在笑。但我連假裝都放棄了。我點了杯啤酒後又

2 加博亭斯基（Ze'ev Jabotinsky, 1880~1940），以色列猶太復國主義領導人，是以色列建國的要角。

3 賈不妙（Gargamel），卡通《藍色小精靈》（The Smurfs）裡的反派角色，外型特色為駝背爛牙，衣衫襤褸。

追加一杯伏特加。他說了什麼呢？你得麻痺自己才能撐過這一切。

麻痺夠嗎？我需要的是全身麻醉。

他又開始四處亂竄，彷彿自己戳著自己的屁股往前跑。一盞聚光燈從頭上打下籠罩住他，周身陰影不住飛舞。他的一舉一動照映在背後牆邊的大銅甕上，動作不同步的延遲感頗為奇異，那座甕或許是早前上演的戲碼留下的。

「說起我出生那樁事呢，內坦亞的朋友，咱們花點時間來聊聊這件驚天動地的大事吧。因為我呢——我說的可不是現在處於娛樂圈高峰，身為大眾性感偶像的我……」他停了會兒，嘴巴都還來不及閉上，頷首等觀眾笑完。「不是噢，我說的是人生開天闢地當下，剛迸出來的那個我。當時我超慘的，我腦袋裡的線路被裝錯了，你根本想不到我有多古怪。我是說真的——」他笑了笑——「內坦亞的人們，想來點好笑的嗎？你們真的想笑嗎？」語畢他斥責自己：「這是什麼蠢問題？拜……託！這可是脫口秀哪！你到現在還不懂嗎？真是傻屌！」他沒頭沒腦朝自己額頭拍了響亮的一記。「人家就是來看這個的！他們是來笑你的？朋友們，可不是嗎？」

那一記還真是好大一掌。這突如其來的暴力表現，似乎透露出某些不屬於此時此地的隱晦訊息。全場默不作聲。此時有人咬碎水果糖，聲音迴盪整間俱樂部。他為何堅持要我來？我不禁納悶他何必找幫手來？他自己就很夠力了。

「我這兒有個故事要說給各位聽。」他的聲音宏亮，彷彿方才那一記從未發生過。彷彿他蒼白的額頭沒因此轉紅，彷彿他鼻梁上的眼鏡沒被打歪。「有一次呢，當時我差不多十二歲，決定查出自己出生前九個月發生了什麼事，我爹怎會那樣獸性大發上了我娘。順便跟各位報告一下，除了我本人之外，沒有任何線索可證明我爸褲檔裡曾經那麼火爆過。他也不是不愛她。我跟你們說哪，那傢伙從早上睜開眼睛到夜裡上床睡覺，這輩子每天就是瞎忙著整理倉庫、弄他的機車、東摸摸零件、西搞搞破布拉鏈，這一些有的沒有的——就姑且假裝你們知道我在說些什麼，好唄？好樣的，內坦亞，你們很棒——那一切鬼扯淡對他來說，不是為了討生活、不是為了什麼，只是為了讓她開心。他只想要她對他笑，伸手摸頭誇他好狗狗、乖狗狗。有些男人會為愛人寫詩，對吧？」「對。」少數一些人這麼回應，雖然他們還是顯得有些驚魂未定。「有些人會唱情歌，對吧？」「對！」回應的聲量依然微弱，人數卻變多了。「還有些人呢，我也不知道怎麼說……他們會買鑽石，或是豪華公寓、休旅車、名牌浣腸，對吧？」「對！」好幾個人喊了出來，此時他們興致轉為高昂了。「然後還有一些大佬像我爸一樣，會去跟艾倫比街[4]上的羅馬尼亞老婦進個兩百條牛仔褲，偷偷在理髮店後頭當成正牌 Levi's 牛仔褲賣，這都是為了什麼呢？這樣他才能記在筆記本上給她看，靠這勾當他賺了多少銀兩……」

他倏然住嘴，眼神環視全場，那一瞬間也不知為何，觀眾屏住呼吸，彷彿看見了他身旁的什麼。

「但要說到親密的接觸，男女之間那種接觸，甚至是錯身而過時摸把屁股之類的親暱行為——我從沒見他做過。親愛的朋友，換你告訴我了。畢竟你們選擇住在內坦亞，你們都是聰明人。告訴我，他為什麼從來都不碰她，嗯？天殺的只有天知道。等等，什麼……？」他踮起腳尖，雙眼對著觀眾眨呀眨的，放送感動的誇張目光。「你們真的想聽？真的有興致聽我自嗨講無聊的家族史？」此時觀眾的反應不一：有些人喝采要他講下去，有些則大喊要他別再拖了，趕快講笑話。那兩名身著黑色皮衣的蒼白騎士，雙手握拳不停地捶打桌面，啤酒杯都被他們敲得四處亂蹦。很難說他們屬於上述哪一方，或許他們只是喜歡煽風點火罷了。到現在我還是分不出他們究竟是兩個男生、一男一女，或是兩個女孩？

「不會吧！當真？你們真的想聽肥皂劇般的格林斯坦家族恩仇錄？不、不，讓我把事情搞清楚，內坦亞的朋友，你們該不會是想趁此剖析我迷倒眾生的緣由吧？」他意味深長地瞄了我一眼。「別的研究人員和傳記作家都搞砸了，你們當真以為自己辦得到？」全場觀眾幾乎都鼓掌了。「那麼各位真的是我的知交了！內坦亞的各位，我們是好麻吉！姊妹市！」他看似無辜睜大雙眼，一副感動的模樣。觀眾笑到捧腹打滾，人們相視而笑。就連我這附近也有人投以笑容。

他站在舞臺最前緣，腳尖突出臺邊，伸出手指細數各種假設狀況。「第一點：或許我爹把她當成女神來崇拜，所以不敢碰她？第二點：或許他洗完頭髮後就頂著髮網在屋子裡走來走去，這點讓她倒盡胃口？第三點：或許是因為她經歷過猶太人大屠殺，他卻沒有，甚至連跑龍套都不曾。我意思是說，他不僅沒經歷過大屠殺，甚至連一根寒毛都沒傷到！第四點：或許你我都還沒做好心理準備讓我們父母登場？」觀眾席中傳來笑聲，而身為喜劇演員、小丑的他，又開始沿著舞臺四處飛奔。他穿的牛仔褲膝蓋處都破了，兩條紅色吊帶別著金釦環，腳上的牛仔靴則飾有警長銀星。這會兒我才注意到他後腦勺留了一綹稀疏的辮子。

「長話短說，趕快結束這邊我們才能讓故事繼續下去，在下小弟我打開月曆，往

4 艾倫比街（Allenby Street），特拉維夫的繁華大街。

後翻至我出生前九個月，找到確切的日期，立刻跑去找我爹蒐集的那一整疊修正主義派的黨訊——那些修正派的玩意兒在我家整整堆滿半個房間；另外一半則是拿來放破布、牛仔褲、呼拉圈，還有紫外線殺蟑器。就姑且假裝……」

「……你們懂的。」吧臺那一頭傳來雀躍的聲音，幫他把橋段給講完了。

「內坦亞，好樣的。」他即使在笑的時候，眼神都充滿計算不帶笑意，似乎在檢視著輸送帶上從他嘴裡講出的笑話。「而我們三人，我意思是組成我們一家的三口子，我們擠在那一個半房間裡。對了，他不准我們丟掉任何一張黨報：『聽好了，這些以後就是我們子孫的聖經！』他以前會搖著手指這樣說，小鬍子好像卵蛋被電到似的翹起來。就在那個地方，在我本人孵出來造成地球生態失衡之前的九個月，就在那一天，你們覺得在下小弟我碰到了什麼事？正是西奈戰役[5]，就那麼恰巧發生了！聽得出來我想說什麼吧？各位，這是不是很誇張？阿卜杜爾．納賽爾[6]宣布要將蘇伊士運河收為國有，當著我們面前將運河關閉。而就在這個節骨眼上，我那一百五十八公分高的老爹，來自耶路撒冷的哈斯克爾．格林斯坦，整個人體毛堪比猿猴，嘴唇卻跟個小女孩沒兩樣，他居然毫不猶豫就把我娘給開苞了！真的，仔細想的話，你或許可以說我的誕生是一種報復行動。你們懂我的意思吧？我是用來報復的！你們瞭吧？我們經歷過西奈戰役、卡拉瑪戰役、恩德培行動[7]、一堆有的沒有的行動，同時卻還有那場格林斯坦戰役——這一件目前還沒完全解密，所以我不能透露太多細節。不過今晚我們剛好拿到了罕見的戰情室現場錄音，但抱歉音質不是太好：格林斯坦太太，把腿張開！埃及暴君，吃我這一記吧！咻碰——鏘！媽，對不起！爸，抱歉！我說的都是些斷章取義的玩意兒！我又背叛你們了！」

他再次狠狠賞了自己一巴掌，雙手左右開弓。緊接著又是一記。

我自己嘴巴裡彷彿泛起生鏽的金屬味。我附近的人身子都縮了起來，眼皮快速跳動。隔壁桌一名女子不曉得對自己丈夫厲聲說了些什麼，拿起皮包就要走了，但丈夫伸手按住她大腿要她坐下。

「我親愛的內坦亞居民，身為社會中流砥柱的諸位——對了，聽說你們這裡假如

5 西奈戰役（Sinai Campaign），又稱蘇伊士運河危機。埃及與英國、法國和以色列的軍隊於一九五六年在中東的西奈半島和周遭地區，由於埃及總統納賽爾宣布將蘇伊士運河收為國有而發生武裝衝突。

6 阿卜杜爾．納賽爾（Abdel Nasser, 1918~1970），阿拉伯埃及共和國第二任總統。

7 卡拉瑪戰役（Battle of Karameh），一九六八年三月二十一日以色列與巴勒斯坦之間為時十五小時的軍事衝突。恩德培行動（Operation Entebbe），一九七六年由以色列軍方與情報部門摩薩德（Mossad）所策劃，在烏干達恩德培國際機場實施的反劫機行動。

有人在街上問你現在幾點了，對方就很可能是抓耙子是吧？開玩笑的啦！說好玩的！」他整個人縮著身體，緊蹙眉頭，眼珠子轉來轉去。「這裡不會剛好有奧爾彭家族的人吧？有的話，出個聲音讓我們致意一下。阿布特包爾家的呢？有沒有戴德的人馬？柏博．阿瑪爾人不在這裡嗎？有鮑里斯．艾爾庫什的親戚嗎？提蘭．什拉茲該不會正好今晚大駕光臨吧？班．蘇奇？伊利亞胡．路斯塔什維利呢……」

微弱的掌聲逐漸響起，人們彷彿被嚇傻了，好不容易才回過神來。

「內坦亞的朋友別誤會了，我只是想做個調查確認一下。是這樣的，我到任何地方表演，第一件事就是上 Google 查哪裡有危險。」

他突然萎靡不振，彷彿一下子全洩了氣。他將手插在腰間，急促地呼吸，雙眼凝視太虛，眼珠像老人一樣凝結不動。

他差不多在兩週前打電話給我。時間是深夜十一點半，我剛遛完狗回來。他的開場白聽起來有點緊張、雀躍和期待，我卻沒有反應。他困惑地問我是不是本人，有沒有聽過他的名字。我回答沒有。我靜等他的反應。我討厭別人這樣測試我。名字是有印象，但感覺很模糊。他不是工作上認識的人，這一點我很確定：我心底浮現的是不一樣的嫌惡感。這是關係更加親近的人，我這樣認為，殺傷力更大。

「哎喲。」他酸酸地說道。「我還以為你一定會記得呢……」他用力地呵呵笑著，聲音有點沙啞，我還以為他喝醉了。「別擔心。」他說：「我會盡量長話短說。」說完又笑了起來，「那根本就是在說我：五短身材，狀況好時身高也不滿一五八公分。」

「喂，你想幹嘛？」

對方愣住說不出話來，一會兒後再次確認是否為我本人。「我有件事要拜託你。」他聲音突然變得專注認真。「先聽我說再做決定，要拒絕的話也沒關係。不必怕傷感情。這不會花上你多少時間，一個晚上就夠了。當然，我會付錢，儘管開口，我不會討價還價。」

我人坐在廚房裡，手上還握著狗鍊。牠杵在那兒幽幽地吸著鼻子，水汪汪的大眼望著我，訝異我怎麼還在講電話。

說也奇怪，我覺得好累。我總覺得與這名男子的對話背後，還有一個無聲的對話正在進行中，只是我不夠聰明聽不懂。他一定是在等我回答，但我不知道他究竟想問什麼。或許他早已說明白，只是我沒聽清楚。我記得自己低頭盯著鞋子看。不知道為什麼，鞋尖向內彼此相對的一雙鞋子，竟然教我喉頭哽住了。

他緩步走向舞臺右側一張過軟的破舊紅色扶手椅。或許這張椅子——如同那偌大的銅甕一樣——也是之前上演的戲碼留下來的。他歎了一口氣倒在椅子上，整個人陷了進去，幾乎要被椅子吞噬了。

人們盯著自己手上的飲料，攪動著杯中紅酒，心不在焉地叼著碗裡的堅果和蝴蝶餅。

無人作聲。

然後開始有人竊笑。他這副模樣好像小男孩坐大椅。我注意到有人迴避他的眼神，忍著不放聲大笑，彷彿害怕自己會被他叫去幫忙解什麼複雜的微積分難題。或許他們和我一樣，察覺到自己不知不覺中，已經不由自主捲入了這個人與他的微積分命題裡了。他緩緩抬起腳來，露出馬靴幾可與女鞋比擬的高鞋跟。竊笑音量逐漸變大，最後整間店都笑開了。

他手腳在空中亂舞，一副快要溺水了的模樣。一會兒大叫一會兒連珠炮似地語無倫次，他好不容易終於從深陷的扶手椅裡跳了起來，往後退了幾步，喘著氣以驚恐的眼神看著它。觀眾們鬆了口氣笑了——這終究還是一場傳統的鬧劇哪——他面露凶光瞪著他們，卻引得觀眾大笑。這下他總算擠出了笑容，浸淫在觀眾的笑聲中。他表情也因這出乎意料的柔情而軟化，觀眾也熱情回應。身為喜劇演員、演藝人員、小丑的他，恣意沉浸於自己的笑容映照在觀眾臉上。在那麼一瞬間，你幾乎可以想像他也信了自己所見的這一切。

但很快地，他彷彿無法忍受流露情感太久，嘴巴又厭惡地彎成一條線。我見過那種扭曲的表情：那是小老鼠自噬時的模樣。

「如此突兀來電，實在很抱歉。」他在深夜的電話裡說道：「或許我是希望看在年少時光的份上，你知道的——」他又竊笑了起來——「畢竟我倆當年可以說是一起長大的。只是你也知道，後來你選擇走自己的路，也做得很好，這點我很佩服……」說到這裡他頓了一下，期待我終能覺醒，憶起往事。他一定想不到我有多頑固，不願放棄這樣不知不覺的狀態，任何人想把我拉出來都會遭到強力抵抗。「只要給我一點時間解釋就夠了。再怎麼樣，你也頂多浪費了一兩分鐘。行嗎？」

他聲音聽起來與我年紀相仿，用語卻似年輕一輩。這不會是什麼好事情。我闔上眼努力回想。看在年少時光的份上……他講的是哪一段年少時光？是我在蓋代拉[8]度過的童年嗎？還是因為我爸做生意四處遷徙的那些年？我可是從巴黎一路搬到紐約、里約熱內盧，最後還去了墨西哥市。會是我們回以色列後，我在耶路撒冷讀中學那段期間嗎？我腦筋全速轉動著，想辦法找到脫身之道。他嗓音裡拉著一絲愁緒，像是腦海深處的闇影。

「喂，」他爆氣了，「你是裝作不知道，還是你已經大牌到甚至……你怎麼可能

8 蓋代拉（Gedera），位於以色列中央區的城鎮。

不記得?!」

已經很久沒有人這樣對我說話了。我不禁覺得耳目一新，一掃平常旁人對我點頭哈腰的虛偽做作，我都退休三年了依然如此。

「你怎麼可能不記得那一切?」他還在生氣。「我們一起在巴伊特瓦甘，跟卡爾欽斯基那個傢伙上了一年課，而且我們都會一起走路去搭公車。」

記憶一點一滴湧上腦海。我想起那間小公寓，即使大中午也暗無天日，接著我憶起那位老是板著臉的老師，他身材高瘦又駝背，看起來彷彿將整個天花板都扛在自己背上。我們總共有五、六個男孩，大家數學都不好，各自來自不同學校，一起跟老師補習。

他喋喋不休地講著，細數我早已遺忘的往事，語氣中滿是慍懟。我耳朵雖然開著卻什麼都沒聽進去。我沒有力氣應付這般激動的情緒起伏。我環顧廚房一周，見著好多需要修理、粉刷、上油，或補漏的地方。家裡的雜務永遠做不完，我們等於被它們給軟禁了，塔瑪拉以前都這樣說。

「你根本沒在聽。」他終於不可置信地說道。

「不好意思。」我喃喃說著，聽到自己說出這番話，我才發覺自己哪裡錯了。我語中滲出恍然大悟的暖意，伴隨著一名皮膚白皙，滿臉雀斑，雙頰沾滿髒污的男孩身影。那是一名戴著眼鏡的瘦小男孩，突出的嘴唇看來挑釁不羈。我馬上想起他雖然白臉淡斑，卻頂著一頭漆黑的鬈髮，配色反差之大令我印象深刻。

「我記得你！」我驚呼出聲。「對了，我們以前會一起走路去搭車……我真不敢相信自己居然……」

「謝天謝地。」他歎了口氣。「我都開始以為你是我自己幻想出來的了。」

9 巴伊特瓦甘（Bayit va-Gan），位於耶路撒冷西南部的社區

「各位內坦亞的絕世美女晚……安……哪！」他邊喊又邊開始沿著舞臺四處跑，腳跟喀嗒喀嗒地響。「小妞兒們，我懂你們！我太瞭解你們了。我把你們從裡到外都摸得熟透了……十三桌的，你說什麼？你們臉皮實在很厚！」他臉色一沉，乍看之下似乎真的受傷了，「居然用這麼侵犯隱私的問題，來攻擊我這般害羞內向的人。我當然跟內坦亞的女人做過！」他露齒而笑。「我也沒得挑，時局很糟，大家只好將就點……」觀眾不管男女都拍案叫好，噓聲口哨聲笑聲全混成了一團。他單腳蹲下面對三位皮膚曬得熟透、呵呵大笑的老太太，她們全都頂著藍色挑染的大蓬頭，裡面應該都灌滿了空氣吧。「第八桌的朋友你們好啊！各位美女今晚是來慶祝什麼的呀？你們有人此時此刻就要變成寡婦的嗎？是不是有哪個病入膏肓的男人，就快在老人病房裡嚥下最後一口氣？『繼續啊，兄弟，不要停。』」他鼓勵著那名不存在的丈夫。「『再一下你就自由了！』」女性觀眾都笑了，好氣又好笑地搧著手掌。他沿著舞臺手舞足蹈，差點沒掉下臺去，觀眾見狀笑得更大聲了。「有三個人！」他舉起三根手指頭大聲吆喝。「一個義大利人、一個法國人，還有一個猶太人，他們坐在酒吧裡，討論自己怎樣取悅女人。法國佬說：我會用諾曼第產的奶油塗在我的女人身上，從頭到腳厚厚塗上一層，她高潮時會持續叫床五分鐘。義大利人說：我呢，我上女人的時候，首先會用我在西西里某座村莊買到的橄欖油，從頭到腳塗滿她身體，她高潮時會持續叫床十分鐘。那個猶太人則默不作聲。法國人和義大利人這下都盯著他看：那你呢？『你問我嗎？』猶太人開口了。『我會用雞油塗滿我的葛妲全身，她一激動會叫上一整個小時。』『一整個小時？』法國人和義大利人不敢相信：『你到底對她使出什麼招式哪？』『這個噢，我拿窗簾來擦手。』猶太人這樣回答。」

大笑。我身旁的男女互相深情對望。我肚子突然餓壞了，就點了一份中東芝麻醬烤茄子配佛卡夏麵包。

「我說到哪兒了？」他語調聽來開心，但我與女服務生的交談絲毫沒逃過他的法眼，我點了餐他看來似乎很滿意。「濫情、猶太人、老婆……我們還真是個特殊的民族哪，各位朋友說對吧？沒有任何民族能與我們猶太人相提並論。畢竟我們是被選中的人哪！上帝明明有那麼多選擇，卻還是挑中我們！」觀眾報以掌聲。「這讓我想起來一件挺大條的事——女人都這樣跟我說——我真的受夠了最近再度興起的反猶浪潮。我是說真的，我好不容易習慣了以前那種，甚至可以說有點開始喜歡了，你們也知道的，那些錫安長老會[10]的傳說故事，一群鷹勾鼻大鬍子的老怪物沒事聚在一起，以香菜佐瘟疫啃著痲瘋病當小菜吃，交換毒藥燉煮藜麥的食譜，逾越節時還會屠殺基督徒孩童——欸，兄弟，你們有沒有發現今年的小孩吃起來味道有點澀？總之呢，我們都已經學會如何與這種偏見和平共處，我們習慣了，那等於是我們的文化傳承。但現在新出現的反猶思想……我不曉得耶……我不大能接受。我必須說甚至有點反感。」他十指交握，當真不知如何是好般聳聳肩。「我不曉得該怎麼說才不會冒犯到那些新一代反猶分子，真是天殺的，我啊，你們這些人難道不覺得自己的態度很教人不舒服嗎？因為有時候我會覺得，就假設有以色列科學家發現治療癌症的解藥、可以徹底根除癌細胞的靈藥好了。我跟你們保證，第二天全世界的人就會開始講話了，還會有人上街頭示威抗議，聯合國會投票決議，歐洲各大報刊登社論，大家都會說『先等一下，我們何苦傷害癌症呢？就算必須這樣做的話，真的需要一下子趕盡殺絕嗎？難道不能先設法達成妥協嗎？為何二話不說馬上使用武力？我們為何不設身處地想想，從癌症的觀點去瞭解其本身對這種疾病的體驗？而且別忘了，癌症還是有好的一面。事實上許多病人都能告訴你，與癌症共存使他們成為更好的人。你也別忘了，癌症的諸多相關研究，促進了治療其他疾病的藥物開發——難道我們要選擇如此毀滅性的方式，終結這一切嗎？我們就是無法從歷史中學會教訓嗎？我們是否忘記了那些黑暗的年代？除此之外——』」他的表情看似沉思——「『人類真的有比癌症來得高尚，因此能名正言順將之摧毀嗎？』」

觀眾的掌聲零零落落。他一鼓作氣向前衝。

「各位男士們也晚……上……好……啊！你們來了也沒關係，只要乖乖坐好，我們就讓各位留下來從旁觀察。不過只要有人不聽話，我們就會把你送到隔壁去做化學去勢，這樣可以吧？好了，女士們，拖了這麼久請容我正式介紹自己，大家也不必亂猜了，我曉得你們超想知道這位神祕的浪漫大師究竟是什麼來歷。在下名叫多瓦萊赫・G，就是這個名號，尼羅河以南的文明世界無人不知無人不曉，很好記的：多瓦萊赫，簡稱『多夫』，發音跟英文的『鴿子』一樣，只是沒那麼溫馴，G的話就是那個點，我老二最愛待的所在。還有啊，小姐們，歡迎各位多加利用！從現在起到午夜為止，請盡情蹂躪我吧。『為什麼只到午夜呢？』我聽到你們惋惜的聲音了。因為午夜時我就得打道回府，各位美女中只有一位幸運兒能陪我回家，與我絲綢般滑潤的身體合為一體，翻雲覆雨無孔不入，而這當然要看那歡樂的藍色小藥丸作用有多大，那至少能給我幾個鐘頭的時間，暫時找回被攝護腺癌偷走的雄風。偷偷跟各位說：你們問我的

10 錫安長老會（Elders of Zion），二十世紀初年由反猶人士杜撰出來的祕密組織。

話，我覺得那種癌症真是蠢到家了。我是說真的，你想嘛，我身體器官長得可美了。從亞實基倫[11]都有人大老遠跑來看我那有如藝術品般的身體。比方說我圓潤的腳後跟——」他背對觀眾，魅惑地搖擺著靴腳——「或是我有如雕刻出來的大腿線條、絲絨般的胸膛，還有一頭飄逸的頭髮。但那混帳癌症卻選擇吃掉我的攝護腺！我猜它一定是喜歡玩我的雞雞。太讓我失望了。悄悄話結束。但姊妹們，在午夜來臨之前，就讓咱們說笑模仿鬧翻天，我會從過去二十年的表演中挑選精采回顧，這可沒有廣告宣傳呢，因為不會有人花錢幫這場節目做廣告，頂多在免費的內坦亞週報上刊個郵票大小的廣告。那些王八蛋甚至連在樹幹上貼公告都沒有。想省錢是吧，約阿夫？你是個好人，上帝保佑你。電線桿上連走失的羅威那犬畢卡索都比我有能見度。我檢查過了，整個工業區的電線桿我都巡過了。畢卡索，好樣的，算你狠，換成我的話就不會急著回家。相信我，想要在任何地方受到重視的話，就是不要在那裡出現，懂我的意思吧？那豈不正是上帝在大屠殺背後所隱含的旨意？那不就是死亡這檔事背後的真正意義？」

現場觀眾為之懾息。

「真的，內坦亞的朋友，你們說嘛——難道你們都不覺得奇怪，人們張貼協尋寵物海報時腦袋裡都在想什麼？走失黃金鼠一隻，走路時一腳會拐，還有白內障，吃麩質和杏仁奶會過敏。哈……囉！你是有什麼問題啊？我連看都不必看就能跟你說牠在哪裡：你的倉鼠在養老院啦！」

群眾開懷大笑，情緒也放鬆了點，他們可以感覺到某處走偏的岔口及時轉正了。

11 亞實基倫（Ashkelon），以色列南部地中海濱的城市。附近有古代亞實基倫海港的遺蹟，為以色列古代歷史最悠久及最大的海港。

「我希望你來看我的表演。」我好不容易想起他是誰後，他在電話中這麼說道。我倆挖出當時每週兩次從巴伊特瓦甘走路去搭公車回塔比奧[12]的往事，路途上出人意料地竟有些愉快的回憶。他熱切地談著我倆走在那段路上的事。「我們當時真的是好朋友。」這句話他說了好幾次，講到自己也覺得好笑。「我們會一路上邊走邊聊，真是很有話說的路隊夥伴。」他鉅細靡遺地回憶往事，彷彿那段短暫的友誼是他人生中最重要的經歷。

我耐心地聽他說，等待他講出確切來意，這樣我才能委婉拒絕又不至於傷他太重，此後再將他從我人生中刪去。

「你希望我去看的是哪種表演？」他停下來喘口氣時我切入問道。

「這個啊，基本上呢……」他說得很急，「我表演的是獨角喜劇。」

「哦，我不看那個的。」我鬆了一口氣。

「所以你知道獨角喜劇？」他笑了。「我沒想到你……你看過這樣的表演嗎？」

「常在電視上看到。你別在意，我只是沒共鳴。」我瞬時擺脫從拿起電話那一刻所陷入的麻痺無力。倘若他在開場白裡有任何一絲令人不解的期盼——比方說重修舊好——那一切如今皆已煙消雲散：什麼獨角喜劇嘛。「聽我說。」我說道：「我不是你鎖定的觀眾。你那種胡鬧說笑的表演不適合我看，我年紀都大了。真的不好意思哪。」

他慢慢地吐出這句話，「好吧，你說得夠清楚了，不會有人聽錯你的意思。」

「你也別誤會我。」我說，此時狗豎起耳朵，一臉擔心地望向我。「我知道很多人喜歡你表演的那種娛樂。我沒說不好，只是人各有好……」

我應該還說了些類似那樣的話。說了些啥我沒全能記得，幸好。我沒什麼好替自己辯護的，頂多是打從一開始我就有種感覺——或許該說是種隱約的記憶——這個人就像一把萬能鑰匙（我突然想起兒時的這句話），我還是得小心為上。

但當然了，我不能拿這件事來當成攻擊他的藉口。因為突然之間，也不曉得什麼來由，我炮火開始變得猛烈，彷彿他成了全人類所有輕浮不遜行徑的代表。「而且對你們這樣的人來說，」我大發雷霆，「一切都不過是說笑的哏，任何事情任何人物，什麼都可以，有何不可呢，只要你有一丁點即興的天分，腦筋動得夠快，什麼東西你都能拿來搞笑、模仿或嘲弄——疾病、死亡、戰爭，什麼都能拿來搞，是吧？」

12 塔比奧（Talpiot），耶路撒冷東南部的社區，由錫安主義分子建於一九二二年。

他安靜了很久。原本腦充血的我慢慢退了下來，腦子裡只留下冰冷的感覺。另外就是對自己感到訝異，沒想到自己會變成那樣子。

我聽見他的呼吸聲。我感覺到塔瑪拉在我心裡逐漸萎縮。你滿腔怒火，她說。我是滿懷渴望才對，我是這樣想的。你不懂嗎？我的渴望帶有毒性。

「另一方面來說，」他喃喃說著，抑鬱寡歡的乾枯聲調教人不忍，「事實上，我現在也不如以前那樣對獨角喜劇充滿熱情了。沒錯，我曾經為之高昂興奮，感覺就像走鋼索般刺激。你隨時可能在全場觀眾面前搞砸一切。一切都在差之毫釐間，只要一句話裡有個字講錯順序、聲音該低卻高亢起來——觀眾都會當場冷掉。但下一秒只要你戳中笑點，他們就連大腿都打開隨便你來了。」

狗喝了點水，碗邊兩隻長耳垂到地上。牠身上處處禿毛，眼睛也幾乎看不見了，獸醫要我讓牠安樂死。他才三十一歲，我猜在他眼裡看來，我也可以安樂死了。我將腳翹到椅子上，努力讓自己冷靜下來。三年前由於情緒失控，我賠上了工作。我突然想到：有誰知道我如今失去了什麼？

「又另一方面來說，」他繼續說了下去，這會兒我才發覺我們沉默了多久，彼此都陷入自己的思緒中，「表演獨角喜劇時，只要能逗得別人發笑，就算不簡單了。」

最後幾個字他說來輕柔，彷彿在講給自己聽，我心想：他說得對，那可不簡單。那真的很厲害。就拿我自己來說：我連自己笑聲長怎樣都不記得了。我幾乎要開口問他，我們能不能像正常人一樣重新開始對話，這樣至少我能解釋自己為何會忘了他，不願想起巨大的痛苦回憶，會逐漸讓人記憶中的往事變得模糊，甚至大塊大塊地抹去。

「你問我找你要幹嘛？」他深吸了一口氣。「老實告訴你，我也不曉得這還有沒有意義了。」

「你要我去看你的表演對吧。」

「對。」

「可是為什麼呢？你要我去做什麼？」

「是這樣的，那就是難說的地方……我甚至不曉得如何開口……要拜託人家做這件事聽起來很奇怪。」他笑了笑。「總之，這件事我想了很多，也考慮了很久，我沒辦法決定，甚至連自己也不敢肯定，但最後還是明瞭只剩你能拜託了。」

他的語氣變得不大一樣，聽起來幾乎像是在求我。想必是走投無路的請託吧。我將腳從椅子上抽下來。

「你說吧。」我開口說。

「我要你看我。」他倏地冒出這句話。「我想要你看著我，仔細地看我，然後告訴我。」

「告訴你什麼？」

「你看見了什麼。」

「聽好了，內坦亞寶貝！咱們今晚這場秀可不得了了！在下面前正好有數百位熱情丟胸罩的觀眾！是的，第十桌，把扣子解開，解放吧……那樣就對了！那可不是一對響亮的禮炮嗎？」

觀眾笑了，但笑聲短暫而平淡。年輕人笑得久了點，而臺上的人並不滿意。他伸出手在自己面前不停盤繞，彷彿想找出打哪裡傷得最痛。他手指一下撐開一下如波浪般闔起，人們看得都出神了。這完全沒道理哪，我心想。不可能發生這種事，人不會這樣就中招了。

「蠢哪。」他聲音沙啞，聽起來像是那隻手在講話。「笨死了！他們又不好好笑了！你今晚要怎樣撐下去？」他突然從手指後露出冰冷的笑容。「你以前總能惹得大家笑哈哈。」他語帶一絲沉鬱，觀眾看著他自言自語。「多瓦萊赫，你可能入錯行了，說不定你該下臺一鞠躬了。」他一副理所當然的冷靜，喃喃自語看得教人毛骨悚然。「沒錯，你該金盆洗手，改行了，而且既然手都弄濕了，乾脆順便淹死自己吧。你說怎樣哪，要試試鸚鵡那一招嗎？就當最後一次機會了？」他將手從面前移開，但還是撐在半空中不放。「有個傢伙養了隻鸚鵡，成天只會講髒話。從睜開眼睛到睡覺之前，牠就是不停罵著你想得到最粗俗下流的髒話。而鸚鵡的主人是個極有教養、受過高等教育的禮貌紳士……」

觀眾目不轉睛看著他一人分飾兩角，扮演說笑話的人與笑話裡的角色。

「到最後他別無選擇，只好開始威脅那隻鸚鵡：『你再不住嘴的話，我就要把你關進衣櫃裡！』這樣只是更加刺激鸚鵡，牠開始用意第緒語講髒話……」說到這兒他大笑出聲，拍著自己大腿說道：「我是認真的，內坦亞的朋友們，這個你們一定會愛，這個不可能不中。」

觀眾眼睛盯著他看。好幾個人還瞇起眼睛，準備等他一巴掌朝自己臉打下去。

「總之呢，那傢伙拎著鸚鵡，把牠丟進衣櫃裡關起來。衣櫥裡的鸚鵡滔滔不絕髒話連篇，搞得那傢伙丟臉得想死。最後他終於受不了了，他打開衣櫃，雙手抓住鸚鵡。鸚鵡大聲尖叫，又罵又咬，各種詛咒誹謗中傷人的話都出籠了。那傢伙把牠抓進廚房裡，打開冰箱把牠丟進去，將門甩上。」

全場一片安靜，只有幾個人乾笑了幾聲。他們似乎都聚精會神跟著他手的動作，左右緩慢地互相旋繞，看似捲曲的蛇展開身子的模樣。

「那個傢伙耳朵貼在冰箱上，聽見裡頭傳來咒罵、抓刮，還有翅膀拍動的聲音。過一會兒後聲音停下來了。一分鐘、兩分鐘地過去，還是沒出聲。一片寂靜，連個雜音都沒有。他擔心了起來，良心開始作祟，說不定鸚鵡在裡頭因為失溫還是什麼的凍死了。他做好最壞的打算，打開冰箱門，此時鸚鵡雙腳發抖走了出來，爬到那傢伙肩膀上：『老爺，言語無法表達我的歉意。從現在開始，主人您再也不會從小的嘴裡聽到任何粗魯沒教養的話了。』那傢伙不敢相信自己的耳朵，直直盯著牠看。接著鸚鵡說道：『對了，主人，請問那隻雞到底是幹了什麼壞事？』」

觀眾大笑，憋了好久的情緒終於獲得釋放。我想他們之所以笑，有部分原因是為了讓臺上的人別再玩自己的手。他們之間是建立了怎樣特殊的默契，我在這當中又扮演怎樣的角色？那對蒼白的年輕情侶身子靠在桌上，兩人嘴唇緊繃得嘟了起來，看來情緒高漲。或許他們暗自希望他會再度賞自己巴掌？多瓦萊赫額頭皺成一團歪向一邊，聽著底下的笑聲。「好吧。」聽完笑聲持續多久、音量多大後他開口歎道。「我猜我的功力差不多就這樣了。多夫，顯然今晚的觀眾經驗老道要求也高。有些說不定還是左派的，那麼你表演態度就得堅持己見，還得來點自以為是的正義使命感。」語畢，他開始大聲嚷嚷振奮精神，「我們說到哪裡了?!剛剛說過生日了，各位也曉得那天是用來自我清算、探索心靈的日子，至少對有靈魂的人來說是如此。我告訴各位啊，以我個人的狀態，我沒那能耐奉養靈魂。我是說真的，靈魂這檔事得時時維護保養，對吧？簡直沒完沒了。每天從早到晚，不時都得進廠維修。我這話說得沒錯吧？」

觀眾紛紛舉起啤酒杯表示贊同。我似乎是唯一還沒從他面前懸而不決的那巴掌回過神來的人；另外一位可能是坐在我附近的嬌小女性，她打從他一上臺後便訝異地盯著他目不轉睛，她不敢相信世上竟會有這樣的人存在。「我這話說得沒錯吧？」他又大喊了一次，有些人低聲咕噥附和。「我說的到底對不對？」他使出自己最大音量的怒吼，觀眾也喊回去，「你對啦！沒錯啦！」似乎他們音量越大他越高興。他樂於煽風點火，刺激人們最下流低劣的神經，剎那間我清楚明白自己不想、也不需要在場了。「因為那他媽的臭靈魂老是對我們三心二意，你們有注意到嗎？內坦亞的朋友，你們有發現嗎？」他們吼了回去：注意到了啦！「一開始要這個，然後要那個。上一秒讓你興奮陶醉像放煙火一樣，下一秒就拿球杆朝你頭上抽一記。一下子要你慾火焚身，沒一會兒就孬起來嚇得屁滾尿流！我問各位，這教人如何與之共處，究竟有誰需要它？」他說得氣呼呼的，我環顧四周，還是一樣，除了我和那名身形嬌小到幾近侏儒的女子外，大夥兒都一臉滿意的神情。我他媽的到底在這裡幹嘛？而且這個人不過是四十多年前跟我一起上過家教課罷了，我究竟有什麼義務幫他？我決定再給他五分鐘，不多不少，之後假如表演再沒有任何轉折，我就要拍拍屁股走人了。

他在電話中提出的邀約確實有吸引人之處，我也不否認他在舞臺上有其魅力。他呼自己巴掌時，有些我說不上來的什麼東西出現了，彷彿某種誘人的深淵張開了口。而且那傢伙並不是笨蛋。他向來不笨，我想是我今晚漏看了什麼，是我沒掌握到他身上的某些訊號，那從他體內正在對我呼喚的什麼。

我開始準備快速離場。不，這他沒得抱怨了。我盡力了，我人都一路從耶路撒冷來到這裡，聽他表演已將近半個小時。我沒找回昔日的青春或朋友的義氣，如今我得設下停損點。

他又開始滔滔不絕攻擊「靈魂永恆不滅的狗屁道理」。原來倘若有所選擇，他二話不說會選擇肉體。「請想像沒有任何限制障礙的肉體吧！」他高聲疾呼。「沒有思想，沒有記憶，就只有肉體在草原上昂首闊步，就像殭屍一樣，只有無腦的吃喝打炮。」此時他在舞臺上前後跳動，嘻皮笑臉地扭著臀部。我舉手請女服務生來買單。我沒必要當他的嘉賓，我不想欠他人情。在這個世界裡我如坐針氈，來這裡真是大錯特錯。他瞥見我朝女服務生招手，臉突然一沉，整個垮了下來。

「不，我是說真的！」他大叫一聲，說話速度也變快了。「你們知道這個年頭保有靈魂是怎麼一回事嗎？那是種奢侈，我沒在騙你！你自己算算看就知道，那比鎂合金輪圈還要貴哪！我說的還是基本款的靈魂，不是莎士比亞、契訶夫或卡夫卡那等級的——對了，聽說他們的確很棒，我自己是一本都沒讀過啦——我現在要跟大家真心坦承一件事，我有嚴重的閱讀障礙，病入膏肓，我發誓，這症頭我還在媽媽肚子裡時醫生就發現了，他還建議我父母考慮墮胎……」

觀眾笑了。我沒有。我依稀記得他曾經提過一些名著，當時我知道過沒兩年進大學後考試會考到，但他講得一副自己真的讀過那些書的模樣。《罪與罰》是其中一本，我沒記錯的話還有《審判》及《城堡》。如今站在臺上的他，從口中吐出一連串的書名與作者，向觀眾保證自己一本都沒讀過。我背脊突然一陣發涼，不曉得他這是在討好觀眾，販賣某種草根的親民形象，還是在策劃針對我的某種計謀？我對女服務生使了個不耐煩的眼色。

「畢竟說到底，我算什麼玩意兒？」他大吼了一聲。「我不過就是底層的廢渣，對吧？」說完他整個人轉向我這邊，朝我投來苦笑，「畢竟獨角喜劇到底是什麼玩意兒？你們有想過嗎？內坦亞的朋友請相信我的話，說穿了，這就是一種可悲的娛樂型態，我老實說。你知道為什麼嗎？因為你可以聞到我們滿頭大汗的味道！我們使盡全身力氣只為博君一粲！不過就是這樣！」他嗅了自己腋下的味道露出苦瓜臉，觀眾笑了幾聲，但感覺有點困惑。我坐直身軀雙手抱胸，我相信他這是在宣戰了。

「你可以從我們臉上看到壓力多大。」他聲音越來越大聲。「我們不計一切想讓觀眾發笑，基本上等同哀求你們的愛。」（這幾句話我想也是從我們通話中精挑細選出的珠璣。）「各位女士先生，也正是因為如此，現在我要隆重歡迎，本國司法界最高權威，最高法院法官阿維夏．拉札爾。法官大人今晚私下出席表演，只為了公開支持我們這項淒慘可悲的藝術！各位女士先生，恭迎最高……法院法官！」

那狡詐的小丑雙腳啪的一聲立正站好，朝我這邊深深一鞠躬。愈來愈多人轉過頭來看我，有些人不明所以地跟著鼓掌，而我只是傻傻地咕噥著，「是地方法院，不是最高法院。還有，那個，我退休了。」他親切地哈哈大笑，逼我非得假裝跟他一起笑。

從一開始我就知道他不會讓我輕易走出這裡。這整件事，包括邀約和荒謬的請求，都是一場陷阱，是他個人的復仇，我像個白癡一樣傻傻走進了陷阱。從他宣布今天是他生日那一刻——電話中他全然沒提起這回事——我便開始感到窒息。那個女服務生真是不會挑時間，偏偏這時送來帳單，全場都盯著我看。我腦子裡努力想著該如何反應，但這實在發生得太快，而且老實說打從今晚一開始，我便感受到我孤獨的人生過得有多緩慢，也因此讓我變得遲鈍。我摺起帳單，塞進菸灰缸底下，雙眼回瞪他。

「總之，我剛說到了最簡樸的靈魂。」他吞下暗笑，招手要俱樂部經理送我一杯啤酒，帳記在他身上。「那是新手般的靈魂，沒有升級沒有裝飾，就是最基本的配備，就是個想吃好、偶爾喝一點、有時尋歡、每天射一次、每週打一次炮，什麼都不想煩惱的靈魂，結果誰知道這雞掰討人厭的靈魂要求多到哭爸！甚至還有自己的工會代表！」他再次舉起手來，手指開始數數，「第一條——心痛！第二條——良心不安！第三條——邪惡的使者！第四條——做惡夢並害怕會發生壞事而翻來覆去睡不著！」

人們心有同感紛紛點頭，他笑了起來。「我敢對天發誓，人生中我上次感到無憂無慮時，包皮都還沒割呢。」觀眾哄然大笑。我不停往嘴裡塞堅果，當作他的骨頭喀滋喀滋咬著。他人站在舞臺正中央的聚光燈底下，閉上眼不住搖頭晃腦，彷彿他正在闡釋人生大道理。四處都傳出拍手聲，還有人驚叫出「噢！」，尤其是女性觀眾。我是這樣想的，這個人呢，既不英俊也不有趣或吸引人，卻懂得如何撩動群眾，讓他們為之瘋狂。

他彷彿能讀到我的心聲，舉起手要觀眾安靜，整張臉皺成一團，我在他身上看到與我原先設想完全不同的面向：似乎觀眾同意他的看法，或者說居然有任何人贊同他任何事，反而激起他的反感甚至嫌惡——看看那副苦瓜臉，還有皺起的鼻頭——彷彿在場所有人都包圍著他，想要摸他。

「各位女士先生，現在我們應該感謝那位長久以來一直支持我的人，他願意無條件支持我，即使我遭到女人、子女、同僚和朋友的背叛與拋棄——」他拋過來尖銳的眼光，然後突然爆笑——「連我自己學校的校長平夏斯．巴爾—亞登也一樣，且讓我們一同祈禱他的靈魂能順利升天——對了，他還活著哪——我十五歲時被他踢出學校，直升街頭大學，他甚至在我成績單上寫得一清二楚——內坦亞的人們，聽好了——『我教學生涯中未曾碰過如此世故而憤世嫉俗的孩子。』強而有力，對吧？尖酸刻薄哪！說到底，唯一不曾背叛我、不曾拋棄我、不曾讓我孤立無援的就只有我自己了。沒錯。」他扭動著屁股，雙手魅惑地在自己身上遊移。「我的朋友們，你們仔細瞧瞧，告訴我你看到了什麼？我是認真的，你們看到了什麼？難道不是一副臭皮囊？基本上什麼都沒有，要以硬科學的術語來說的話，甚至可以說是反物質。各位看得出來這傢伙只能送廢棄物處理場了吧？」他自己呵呵笑了起來，朝我這邊送上討好的眼神，或許是要我儘管生氣也別忘記承諾。

「但內坦亞的朋友，請看！瞧瞧我這五十七個年頭維持忠貞不二有多不堪！瞧瞧我專心一意打造多瓦萊赫這未竟的事業有多失敗！其實光連活著這件事都搞砸了！」

他像個發條玩具般在舞臺上四處亂竄，呱呱亂叫。「活著！活著！活著！」他動作戛然而止，緩緩回頭面對著全場觀眾，臉上閃爍著壞蛋得逞的神色，活脫像是東西偷到手的竊賊。「你們瞭解光是活著就有多了不起嗎？有多顛覆呢？」他鼓起雙頰，發出微弱的咻聲，像是泡沫破滅的聲響。「各位女士先生，請容我向各位介紹多瓦萊赫．G，又名小多或多夫．格林斯坦，特別是出現在以色列政府控告多夫．格林斯坦違反贍養義務的案件中。」他一臉無辜地看著我，使勁扭著自己的手。「老天爺，誰曉得那些孩子吃得了這麼多哪，法官大人！不曉得在達佛[13]，爸爸得付多少子女扶養費。各位小姐，這就是G先生！這天殺的宇宙裡只有他一人願意免費與我共度春宵，對我而言這就是友誼最純粹最客觀的標準了。就是這麼一回事哪，各位觀眾！人生到頭來就是變成這副模樣。人類一計畫，上帝就惡搞他。」

家教課每週兩次，週日與週三下午三點半下課，我們老師是個孤獨的虔誠教徒，他從來不正眼看我們，講話鼻音重到幾乎聽不懂。他家裡空氣沉悶教人昏迷，師母煮菜的味道讓人抓狂，我們會一起走出他家，馬上就跟其他學生分道揚鑣。安靜的社區裡鮮少有車輛，我們會走在馬路正中央，走到雷曼雜貨店旁的十二路公車站牌時，我們互相對望，達成共識，「不如繼續往下一站走吧？」我們會這樣繼續走過五、六站，一路走到中央巴士站，那裡離他住的羅米馬14社區很近，我們就在那兒等我要搭的，開往塔比奧的車。我們會坐在雜草叢生的坍塌石牆上聊天。應該說是我坐著，他根本沒辦法靜下來在同一個地方站或坐。

他提問，我回答。我們這樣分工，由他起頭誘我繼續。我並不愛與人打交道；正好相反，我是個沉默內向的男孩，身上帶著有點可笑的——我自以為啦——強悍而黑暗的光環，但即使我想甩掉也不曉得該怎麼做。

那可能是我自己的問題，也可能因為父親做生意時常搬家，我從沒交過知己好友。

13 達佛（Darfur），位於非洲蘇丹的西部地區，由於錯綜複雜的種族矛盾導致此地暴力衝突持續不斷。

14 羅米馬（Romema），耶路撒冷西北部的社區，該地為全市地勢最高的區域。

我確實在很多地方都有玩伴，與外交官和旅外僑胞的子女在學校裡建立起短暫的友誼。但自從我們回以色列搬到耶路撒冷後，我們居住的社區和學校裡我誰都不認識，也沒有人想認識我，我因此變得愈發孤獨難相處。此時冒出了這個搞笑的小子，他跟我上不同學校，不曉得該避開渾身帶刺的我，對我的故作憂鬱也不以為意。

「你媽媽叫什麼名字？」那是他問我的第一個問題，我們剛走出家教老師的公寓。我還記得自己訝異地笑了出來：這滿臉雀斑的小個子還真是敢講，居然以為我有母親！

「我媽叫做莎拉！」他隆重宣布。他突然越過我身旁，驀地停下來轉身看著我，「你說你媽叫什麼名字？她是在以色列出生的嗎？你父母是怎麼認識的？他們也經歷過大屠殺嗎？」

我們聊天的同時，開往塔比奧的巴士來了又去。我倆看上去是這副模樣：我坐在牆上，身形高瘦（好啦，好啦），一張窄臉看似難纏，噘著嘴唇不肯笑。在我身旁跑來跑去的是名小個子男孩，年紀至少小我一歲，一頭黑髮襯著淺白膚色，他雖死纏爛打但總能巧妙地將我從殼裡拉出來，漸漸地讓我開始想要回憶訴說，告訴他關於格代拉、巴黎和紐約的一切，還有里約的嘉年華、墨西哥亡靈節、祕魯的太陽祭，以及我如何搭乘熱氣球飛越賽倫蓋提的牛羚群。

他的提問讓我理解自己有多麼珍貴的寶藏：那就是生活經驗。在那之前，我的人生對我來說就是一連串討厭的旅行與匆忙的搬家、轉學、學習新語言、熟悉新面孔，但那一切其實都是一場大冒險。我很快便發現他喜歡誇大的故事：不管我氣球吹得多大都不會破，我可以把故事一說再說他也不嫌煩，還可隨意文飾加戲，有些內容是真的、有些則以假亂真。跟他在一起，我彷彿變成了另一個人。我變得活潑開朗，這個男孩連我自己都認不出來了。滿頭熱忱，燃燒著各種想法和意象，這點對我來說也很陌生。而我嶄新的才能獲得的回報令自己樂在其中，這是我最感陌生的一點：我竟能逗得他目瞪口呆，歡欣暢笑。那一雙湛藍的眼眸閃爍著光芒。我猜這就是我得到的報酬吧。

我們這樣每週兩次，來往了一年。我討厭數學，但因為他的緣故，我盡量不缺課。巴士從我們身邊來來去去，兩人沉浸在自己的世界中，直到不得不分手的時刻。我曉得他五點半整得去某個地方接他母親。他說他母親是政府部門的「資深公務員」，我實在不曉得他為什麼得去「接她回家」。我記得他纖細的手腕上戴著大人的時度錶[15]，每次時間快到了的時候，他都會一直看著錶，神色隨之愈來愈顯不安。

每次我們告別時，空氣中都盤旋著許多可能性，只是我們都不敢放聲說出口，似乎我們仍不敢信任現實，不知該如何處理這微妙脆弱的故事：說不定我們除了下課外，可以另外約時間碰面？或許可以一起看電影？又或許我可以去你家？

他舉起雙手在空中揮舞著，「既然談到了那個大混蛋，各位女士先生，雖然現在時間還早，請容我還歷史公道，在此待大家為女性獻上由衷的感謝。敬全世界的女性！各位朋友，要做何不做大一點呢？為什麼不就承認我們幸福的粉紅小鳥歸屬何在，我們存在的目的為何，以及驅動我們搜尋的源頭何在？為何不老實鞠躬，好好感謝伊甸園裡我們被賦予的甜辣生命香料？」說完他真的鞠躬了，反覆屈身低頭朝觀眾席裡的女性致意；她們每一位即使身旁有伴，似乎眼裡都不由自主泛著淚光。他揮動雙臂要在場男性照做。大部分付之一笑，有些愣住不知如何是好，他們身旁的女伴同樣呆住了，但真有四、五個人站了起來，尷尬地邊笑著邊僵硬地向女伴鞠躬。

這樣濫情的舉止固然看來愚蠢，但我居然也朝身旁無人的座位微微頷首，連我自己也沒想到，但這一點只突顯出今晚我在此有多空洞不安。的確，那不過是點個頭罷了，但我眼裡竟也洩露出閃爍的神色，那是我和她才懂的眼神，即使爭吵時也不例外，我倆眼神交會時的火光：她眼裡火花似我，我眼中火花似她。

我點了一杯龍舌蘭酒，順便脫掉身上的毛線衣。我沒想到這裡竟然會這麼熱。（隔

15 時度錶（Doxa），瑞士著名的潛水錶品牌，創立於一八八九年。

壁桌的女子應是悄悄說了聲「終於脫掉了」。）我雙手抱胸看著舞臺上的人，從他衰老褪色的眼中我看見彼此的身影，我還記得我們當初的感覺，那種火熱的興奮，還有和他在一起時常感到的困窘尷尬：那時候的男孩子不會那樣談心。不會談那些事情，也不會用那樣的語言。在我與其他男孩短暫的友情裡，我經歷到的是男性舒坦的泛泛之交，但跟他就……

我伸手翻查自己的口袋還有錢包。不過就幾年前的事，我從來不會不帶筆記本就出門的。我甚至會在我們的床上放著一本橘色小筆記本，以防我在睡夢中想到什麼可以變成判決的論據、特別的譬喻，或者是令人耳目一新的引言（我愛引經據典還挺出名的）。我找到了三隻筆，身上卻連半張紙都沒有。我朝女服務生招手，她拿了一小疊綠色紙巾要給我，遠遠地便將紙巾拿在手上揮著，臉上傻傻笑著。

事實上她笑得很甜。

「不過我的兄弟姊妹們，最重要的是呢，」他大聲吼道，看見我找紙筆顯然讓他樂得很，「在感謝全世界所有女性後，我要特別感謝那些獨占我制霸全球性愛計畫的可人兒，那些年滿十六歲以上對我上下其手的女性，不管是幫我打、幫我吹，還是騎著我……」

大部分觀眾都被逗樂了，但也有人嗤之以鼻。坐在離我不遠之處，有名女子脫掉一腳太緊的鞋子，用腳跟按摩另一隻腳的小腿肚，我的心揪了一下，這已經是今晚第三還是第四次這樣了——我想起塔瑪拉強健結實的小腿——我聽見自己不由自主發出呻吟，那是我早已忘記的聲音。

在舞臺上我見到他恢復往昔的笑顏，迷人而敏銳，氣氛也為之緩和下來：從表演一開始便揮之不去的沉重感似乎消散了些，我也讓步了對他微笑。那一刻堪稱美好，只屬於我們倆，我想起他以前在我身旁活蹦亂跳的模樣，又笑又叫又鬧，彷彿連空氣都在搔他癢。他眼裡散發出當時的光芒，那是專屬於我的一道光，相信著我，彷彿一切依然能重修舊好，即使我們倆也一樣。

但笑容一如以往頃刻即失，從我們腳底咻地一聲被抽走了，尤其是我。我再次感受到一股深沉陰鬱，只在言語無法觸及處滋生的詭詐。

「我真不敢相信！」他突然大吼。「就是你，塗口紅的嬌小女子，對，就是你，化妝時沒開燈的你！還是說你的化妝師得了帕金森氏症？娃娃臉，你倒是說說看，你覺得我在上頭使盡全力想逗你笑，你卻在下頭傳簡訊，這樣合理嗎？」

他口中的嬌小女性獨自一人坐在離我不遠處。她頭上頂著繁複的高聳盤髮，看似髮辮紮成的圓錐上插著一朵玫瑰花。

「這樣的行為是可以的嗎？我在這裡累得大粒汗小粒汗，把自己心肝都挖了出來，甚至連衣服都脫了——脫了?!從頭到攝護腺全都露了！你卻坐在那裡傳簡訊？你方便告訴我你有什麼要緊事，非得現在傳簡訊嗎？」

她回答的聲音十分嚴肅，語氣不滿中帶著責備，「我沒在傳簡訊！」

「親愛的，說謊不好哦，我都看見了！噠—噠—噠！你小小的指頭飛快地打著字！說到這，你現在究竟是坐著還是站著呢？」

「你說什麼？」她馬上把頭埋進肩膀裡。「不是啦……我是在給自己寫筆記。」

「哦，原來是寫給自己的呀……」他睜大眼睛望向觀眾，聯合他們一起來對付她。

「我有一個寫筆記的手機程式。」她低聲說道。

「親愛的，那對我們來說還真是非常有意思呢。要不要我們先離開一下子，這樣才不會打擾到你和你自己之間剛萌芽的親密關係？」

「啥？」她緊張地搖頭。「不、不要，請別離開。」

她講話帶著奇特的語言障礙症狀。雖然有著高聲調的娃娃音，講話卻含糊不清。

「那就跟我們說你在給自己寫些什麼吧。」他正在興頭上，根本不給她時間回應。

「親愛的我，恐怕我們跟彼此道別的時刻到了，因為呢，我的小親親，今晚我遇見了夢中情人，我決定將自己命運交付他手中，不然至少也要一起綁在床上大戰一星期……」

女子瞠目結舌盯著他。她腳上穿著矯正鞋，連地板都踩不到。身體隔著一隻亮紅色的大手提包靠在桌子上。我不曉得他從舞臺上是否能見著這一切。

「才不是那樣。」她思考了好久後開口說道：「完全不對。我根本沒那樣寫。」

「那麼你究竟寫了什麼？」他故作絕望貌抱頭大喊。兩人的對話一開始他覺得似乎有搞頭，沒想到居然變得難以為繼，他決定當下斬斷話題。

「一些私人的東西。」她輕聲回答。

「私─人！」他正打算撤退時，這兩個字如同套索般勒住他，扯著他脖子將心力轉回她身上。他躡手躡腳往後退，轉身以驚愕的表情看著我們，彷彿聽到了什麼難以入耳的下流詞彙。「麻煩請這位極注重個人隱私的女士告訴我們，您是幹哪一行的？」

「我是美甲師。」

觀眾席吹過一陣涼意。

「哇，真沒想到呢！」他翻了個白眼，伸出手張開十指，頭歪向一邊。「請麻煩幫我做法式美甲！等一下，幫我上亮粉好了！」他呼氣一根一根吹著手指。「不然還是做水晶指甲呢？親愛的，你會上礦物美甲嗎？還是乾燥花呢？」

「不過我只能在我們村裡的俱樂部幫人家做。」她囁嚅說道。語畢自己加上一句，「我也是靈媒。」她應該也沒想到自己會脫口而出，講完便將胸前的紅色手提包往上拉，當成自己和他之間的屏障。

「你是靈─媒？」老狐狸的追捕到此告一段落，好整以暇坐下來舔著嘴唇。「各位女士先生，」他鄭重宣布，「請注意這邊。我們今晚榮幸邀請到一位美甲師，雖然您可能認為她身形矮小，但人家其實是靈媒呢！敬請鼓掌歡迎！指甲也別客氣！」

觀眾雖然照做，但氣氛尷尬。大部分的人看來寧願要他放過女子，改挑別人來惡整。

他緩步穿越舞臺，頭低低的，雙手交握在背後。整個人透露出正在沉思，天馬行空亂想的氣息。「靈媒啊。你的意思是，你能與靈界溝通？」

「什麼？不是啦……現在我只能跟靈魂連上線。」

「死者的靈魂？」

她點頭。即使在黑暗中，我都能看到她脖子上冒出青筋。

「喔……」他一副了然的模樣點頭。我看得出來此時他內心裡正在盤算，如何吐出挖苦嘲諷對方的滿腹珠璣。「那麼靈媒女士是否能告訴我們——慢著，拇指姑娘，您是打哪兒來的呀？」

「你不能那樣叫我。」

「抱歉啦。」他馬上讓步，他知道自己逾越了界線。原來不是個徹頭徹尾的王八蛋，我在紙巾記上一句。

「我是本地人，就在內坦亞附近。」她說，臉上神色仍因受辱而顯得僵硬。「這裡有個村落……居民都是……我這樣的人。不過我小時候是你的鄰居。」

「你以前住在白金漢宮隔壁？」他雙手擺出打鼓的姿勢驚呼道，引出一道零星的笑。我注意到他稍微遲疑了一下，才決定不針對「我小時候」這四個字出手。他有些料想之外跨不過的紅線，追蹤起來還挺有意思的，有如汪洋中憐憫與人道的小島。

但此時我頓悟她話中之意。

「不是那樣。」她還是照樣一本正經，一個字一個字慢慢說道。「白金漢宮在英國，我知道是因為……」

「什麼？你說什麼？」

「我會查字。什麼國家我都知道……」

「不是那個，是你剛剛說的。約阿夫？」

經理把聚光燈轉到她身上。她一頭梳得拔尖的糾結蓬髮已逐漸變白，但染著一絲艷紫。她年紀比我以為的大，但面孔如象牙般光滑。她鼻子扁塌眼皮腫泡，但從特定角度還是隱約看得出埋藏底下的美麗。

眾人注視的眼光讓她愣住了。那幾位年輕的機車騎士熱切地交頭接耳，她顯然讓他們興奮了起來。她這種類型我懂，那是惡之華。正是以前讓我在席上把持不住的類型。我以他們的眼光來看她：她身著洋裝，髮際別著薔薇，嘴邊抹上唇膏。她看來像是穿著女人裝扮的小女孩，隻身走在大街上，她心裡有數災禍即將臨頭。

「你是我以前的鄰居？」他語帶疑慮。

「對，在羅米馬的鄰居。你一進來我就發現了。」她垂下頭低聲說道：「你一點都沒變。」

「我一點都沒變？」他哼著鼻子說。「我一點都沒變？」他用手遮住光線細細打量她。觀眾眼光緊跟著他，大家被正在自己面前活生生上演的戲碼給迷住了，真實的人生變成了一則笑話。

「你確定是我沒錯？」

「那當然。」她開始吃吃地笑，整張臉都亮了起來。「你就是那個用手倒立走路的男生。」

全場安靜了下來。我嘴裡變得好乾。他用手倒立走路我只看過一次。就是最後一次見到他那天。

「你老是用手走路。」她笑得用手遮住嘴。

「那時候我連用腳走路都很難了。」他喃喃地說。

「你以前都跟在那位穿著大靴子的女士後頭。」

他倒吸一口冷氣。

「有一次呢，」她繼續說了下去，「我在你爸的理髮店裡看到你站得好好的，還沒能認出你來呢。」

人們面面相覷，不曉得該如何作何反應。他朝我投來忿怒不耐的眼光。這不在原本的節目裡，他透過我們的私人頻率告訴我，這實在不能接受。我想讓你看到我沒有人幫忙跑龍套時，在臺上的原本狀態。此時他走到舞臺邊，單膝著地蹲下。他手還扶在額頭上，雙眼凝視著她，「請問你叫什麼名字？」

「那不重要……」她頭垂下去時，脖子上隆出了一小塊肉。

「那很重要。」他說。

「艾佐萊。我爸媽叫做艾斯里和艾斯特，願他們安息。」她打量著他的臉色，想看他是否有反應。「你當然不會記得他們。我們在那裡住了不久。我家兄弟都會去找你爸剪頭髮。」她一忘情時講話不順就更明顯，彷彿喉頭哽著什麼火熱的東西。「我當時還小，才八歲半，你大約成年禮16的年紀。你老是用手倒立，甚至跟我講話時也是頭朝下……」

「那是因為我想偷看你裙底風光。」他朝觀眾眨了眨眼。

她用力搖著頭，盤得老高的頭髮搖搖欲墜。「才不是那樣！你跟我講過三次話，我穿的是長洋裝，藍色格紋那件，我也有跟你講話，雖然那是不被允許……」

「不被允許？」他抓住這句話不放，尖爪都亮了出來。「但為什麼呢？為什麼不被允許？」

「那不重要。」

「不重要才怪！」他怒吼了出來。「他們是怎麼告訴你的？」

她搖頭堅不回答。

「快告訴我他們都是怎麼說的。」

「他們說你頭腦有問題。」她終於忍不住回答。「但我還是跟你說話了。總共三次。」

她默不做聲，低頭看著手指，臉上泛著一層汗。她背後那桌的女人，傾身在丈夫耳際講了悄悄話，丈夫則點頭回應。我整個人都糊塗了，頭一陣暈。我在紙巾上草草速記，想要釐清狀況：我當年認識的男孩。她當年認識的男孩。臺上那個男人。

「你意思是說我們交談過三次？」他困難地嚥下口水。「好唷，實在太棒了……」他勉力恢復鎮靜，朝觀眾使了個眼色。「我猜你也記得我們說過什麼吧？」

「第一次你說我們早已見過面了。」

「哪裡見過面？」

「你說你人生中的一切都已經是第二次的經驗。」

「這麼久之後你還記得我說過那句話？」

「你還說我們小時候曾經一起度過大屠殺，不然就是在聖經、或是穴居人的時代

16 猶太男性於十三歲時舉行成年禮（Bar Mitzvah）。

在一起過，你說你不記得了，但那就是我們初次相遇的時候，而且你是劇場演員，我則是舞者……」

「各位女士先……生！」他打斷她的話，猛然起身走開。「我們現場居然出現了難得的品格證人，能向各位說明在下兒時是什麼德性！我說過了吧？我警告過各位對吧？我是村裡的白癡，腦筋有問題的男孩！你們都聽到了。而且還會對小女孩出手！最重要的是，他還活在幻想的世界裡。我們一起經歷過大屠殺、活過聖經時代……我還需要再說下去嗎！」說到這裡他露齒大笑，但沒人相信他真的在笑。他迅雷不及掩耳對我使了個困惑的眼色，彷彿在懷疑我與這名嬌小女子的現身有關。我抱歉地搖搖頭。我幹嘛抱歉呢？我真的不認識她。我也不曾跟他回去過他的社區，因為每次我提議要陪他走回家他都拒絕了，他總是有一堆藉口，編造形形色色的故事。

「我希望大家知道我一直都是那樣的！」這會兒他幾乎是用叫的了。「連家裡附近的動物都取笑我！我是說真的，有一隻黑貓每次我經過時都會吐我口水。小甜心，你跟他們說啊！」

「不對，不是那樣。」他跟觀眾講話時，她一雙短腿在桌子底下不住踢動，彷彿正被人勒著脖子，掙扎著想呼吸的模樣。「你是那個……」

「慢著，我們以前會玩醫生護士的遊戲對吧？而且我扮演護士的角色對吧？」

「才不是那樣！」她大吼一聲，辛苦地從椅子上落地站立。她身形實在袖珍得不可思議。「你為什麼要這樣？你明明是個好孩子呀！」

全場安靜了下來。

「你說什麼？」他哼著鼻子說，臉頰突然燒紅了，比方才自己惡狠狠賞自己巴掌時還要熱燙。「你剛才說我是什麼？」

她爬上椅子坐下，一臉惱怒地壓著整個身軀。

「拇指姑娘，你知道嗎，我可以告你毀壞本人名譽。」他雙掌拍了下大腿大笑。他懂得如何從丹田深處送出笑聲，但觀眾這次幾乎聯合一致，都不願配合。

她頭壓得更低了，手指在桌面下反覆操演精確的動作。先將雙手手指面對面併攏，然後左右錯開，彼此交織。彷彿跳著一支自成一格的祕密舞蹈。

一片死寂。整場表演瞬間崩盤。他拿下眼鏡，死命揉著眼睛。觀眾紛紛別開目光。整間俱樂部籠罩著一股晦暗的不祥之氣，彷彿遠方眾人耳語相傳的動蕩不安也傳播到這裡來了。

當然，他看得出自己已無法掌控今晚局勢，馬上開始表演起了某種內心的障礙賽。他睜大雙眼，擺出一張歡樂的臉孔。「各位真是獨一無二，最棒的觀眾！」他大聲嚷嚷著，又開始在臺上踢著傻氣的牛仔靴四處蹦跳。「各位朋友，你們啊，你們真是貼心的小可愛哪……」但他試圖混淆過去的不快感，依然如臭屁般在整個密閉空間瀰漫開來。「這可不簡單哪！」他大聲喊道，邊敞開雙臂作勢要擁抱什麼。「能一路活到五十七歲可不簡單哪，況且我們剛才聽到了，這還是個經歷過大屠殺和聖經時代的人哪！」

女子身體愈發往後縮，頭深陷雙肩裡，此時他音量全開，想要掩蓋過她的沉默無語。

「活到這年紀最棒的呢，莫過於你可以清楚看到前方的標示，上頭寫著：多瓦萊赫與蛆蟲在此過著幸福美滿的日子。那邊的朋友，你們好呀！」他聲如洪鐘。「真開心你們來了！我們今晚這兒可精采了！各位來自全國各地，我看見了從耶路撒冷來的，還有貝爾謝巴[17]及羅什艾因[18]……」

會場後頭有人大聲喊道：「還有從阿里埃勒[19]來的！也有從埃弗拉特[20]來的！」

他表情看似意外。「慢著，你們是從屯墾區來的？那麼現在誰留在那裡打阿拉伯人呢？開玩笑的啦！你們曉得我是說笑的，對吧？現在快下去領你們的俸給。就拿個兩千萬去買鞦韆架和口香糖，放在紀念屠夫巴魯赫．戈登斯坦[21]的文化中心——糟糕，我是說聖人啦，願上帝替他報仇雪恨。這樣還不夠？沒問題！就多拿一畝地還有羊，整群羊都拿走，把整個畜牧業都拿去，老天爺，乾脆把整個國家都拿走好了！哦，對耶，早就被你們拿光了！」

掌聲漸歇。店裡角落有幾名年輕人，看來也是休假中的士兵，手捶著桌子起鬨。

「老闆，沒關係的！約阿夫，哥兒們哪！你們看他那張臉！老闆，你緊張什麼啦？

17 貝爾謝巴（Be'er Sheva），以色列內蓋夫（Negev）沙漠區最大的城市。
18 羅什艾因（Rosh Ha'ayin），以色列中央區的城市，距離特拉維夫二十五公里。
19 阿里埃勒（Ariel），以色列西岸地區的城市。
20 埃弗拉特（Efrat），以色列西岸地區的屯墾區。
21 巴魯赫．戈登斯坦（Baruch Goldstein, 1956~1994），美籍猶太裔宗教極端份子，一九九四年在希伯崙的主教洞穴（Cave of the Patriarchs）殺害二十九名穆斯林。

我發誓，我不會再講那些了啦，我已經講完了，我知道我答應過你，還掛了保證，可是話就自己溜了出來，到此為止，不談政治，不談占領，不談巴勒斯坦，不談世界情勢，不談現實狀況，不會談兩名屯墾者走進希伯崙[22]舊城區。噢，別這樣啦，約阿夫，再講最後一次就好了……」

我想我知道他在幹嘛，也明白他現在最迫切需要的是啥，但約阿夫堅定地搖頭，觀眾也不想聽政治話題。全場再次響起口哨和敲桌聲，催促他重回單人喜劇的路線。「大夥兒先等等。」他向觀眾求情，「你們會喜歡這個的，我保證你們會樂翻天，先聽我說嘛。有個阿拉伯人與兩名屯墾者，一起走在希伯崙的大街上。我們姑且叫他小阿赫邁德。」口哨和起鬨聲暫歇，觀眾席中出現了笑臉。「突然間，他們聽見軍方廣播，宣布阿拉伯人宵禁五分鐘後開始。一名屯墾者拿下肩上步槍，朝小阿赫邁德頭上補了一顆子彈。他的同伴有點嚇到了：『我操，好兄弟呀，你為什麼要那樣做？』他的好兄弟看著他說：『我知道他家住哪兒，他沒辦法及時趕回家的。』」

觀眾笑得有點尷尬。有些人大聲呼著氣表示不滿，甚至有名女子還噓他。俱樂部經理倒是吃吃地笑了，他的聲音出乎意料地尖細，引得觀眾也放鬆心情笑了起來。

「約阿夫，你瞧吧？」他開心地說道。他察覺到自己的計謀奏效了。「什麼事都沒有！幽默就是這一點最讚：有時候一笑置之就好了！朋友們，如果要我說的話，那些左派最大的問題就是這一點——他們沒有幽默感。我是說真的，你有看過左派笑嗎？我敢保證你百分之一千沒看過。他們甚至連自己孤單一人時都不會笑，況且他們通常身旁都沒人哪。不知道為什麼，他們就是無法理解任何事情的幽默之處。」他開始捧腹大笑，觀眾也跟著他哈哈大笑。「你們有想像過這個世界若沒有左派會變成什麼樣子嗎？」他瞄了約阿夫一眼然後回望觀眾，他察覺到自己又多贏得了一點信任，於是繼續往前推進。「親愛的內坦亞，你想想看這會多好玩。閉起眼睛，想像一個你能為所欲為的世界——要做什麼都可以！——沒有人會開罰單。沒有罰單、沒有警告、沒有扣點！電視上沒有人愁眉苦臉，報紙上沒有讀了教人得胃潰瘍的社論！沒有五十年來日日夜夜洗腦我們占領區啥毛的。沒有自我厭惡的猶太人！」觀眾熱烈回應，他們變成他的囊中物，他以他們的熱情為燃料前進，小心避開了那名袖珍女子。「想在巴勒斯坦村落實施一週宵禁嗎？砰——宵禁這就來了！日復一日又復一日，想多久就多久……」他又朝俱樂部經理看了一眼：「約阿夫，取笑左派不算政治，對吧？這只

22希伯崙（Hebron），巴勒斯坦西岸地區的城市，是猶太教四大聖城之一，也是聯合國認定的世界文化遺產。

是陳述事實，沒錯吧？很好，我們說到哪兒了？哦，對：你想看阿拉伯人在檢查哨跳舞嗎？砰！一句話他們就得跳得唱得脫哪。我真是愛死了那個異族歡樂的生命力呀！檢查哨特別的氛圍真的讓他們都敞開心胸了。他們在檢查哨唱的那些歌真是可愛：只……要真誠……之意長……存……心……中！」聽到他這樣唱以色列國歌，觀眾有點不知所措。「而且他們樂於擁抱自己的陰柔特質！阿兵哥你呀，阿兵哥他呀，阿兵哥來呀，快來操我呀！」他扭動著身體，隨著節奏擺動臀部，刻意用手慢慢跟著拍子：「阿兵哥你呀，阿兵哥他呀，阿兵哥來呀，快來操我呀！」他的身軀映照在背後的銅甕上，扭曲成一團模糊的波浪。有些男人跟著他唱了起來，也模仿他唱歌的樣子裝出濃厚的阿拉伯口音。唱得最大聲的是那些士兵。接著三、四名女性也加入了唱和，尖嘎的嗓音有時含糊帶過了歌詞，但手熱烈打著拍子蓋過了一切。其中有一人甚至冒出了喘息聲。但這整段帶動唱別有用意，我想。完全不是表面上看起來那麼回事。表演者在嘲弄他的觀眾，耍著他們玩，但沒一會兒後情況似乎瞬間逆轉，變成觀眾狡猾地讓他陷入自己挖的洞，彼此之間的互動讓兩方成為共犯，進行了一場模稜兩可不斷流動的罪行，接著他將唱歌的人分為男女兩部，熱烈地指揮著他們的表演，眨眼抹掉虛假的淚水，這下幾乎整場觀眾都跟著他歡呼唱和，然後——我猜這種曖昧不明的同伴情誼就是他的目的，在我們心裡激起一股黏糊糊的興奮之情，雖教人不舒服卻也深具吸引力——然後指揮大手一揮，一把收起所有人的歌聲，這時全場安靜了下來，音樂戛然而止，我幾乎能感覺他在數著拍子，一、二、三、四，然後再度衝向前去。「你們想在早餐前封掉幾座水井嗎，正義的夥伴們？好，大家的神仙教母來了，她要把魔杖借給你們一個星期——管他的，就借你五十年好了！想要復仇遂行正義嗎？實施終身行政拘禁？人肉盾牌？」他手拍著頭頂、腳蹬著木地板，緩慢地帶領著觀眾的節奏，聲響在整間俱樂部裡重重地迴盪。「想要玩玩看土地徵收大富翁？宵禁陷阱遊戲？路障釣魚？老師說來電——斷電！不毛之路？阿赫默德我們要尿在你的作物上這樣才新鮮？」他愈講愈來勁，表情也變得愈來愈猙獰，彷彿有人用筆在他五官上描了黑邊。「這一切都辦得到！」他放聲高喊。「一切都是被允許的！放手去幹吧，我親愛的，實現你們所有的夢想吧！只是別忘了，親愛的，魔杖不是永遠都有用的——這個系統有個小小缺陷。噢，該死！」他翻了一個大白眼，像小孩子鬧脾氣一樣用力跺地。「對啦，那該死的魔杖有個缺陷！不過你們早就知道了，對吧，小甜心？因為其實呢——」他傾身靠向臺下觀眾，手遮住嘴巴神祕兮兮地說——「那個神仙教母是個反覆無常的賤人。神仙教母都是一個模樣。她喜歡每隔一陣子來個大風吹，意思是呢，我們不過玩個盡興沒多久，接著就輪到我們遭殃——沒想到吧！——變成我們在他們的路障前唱我的祖國了！沒錯，那些巴勒斯坦人會要我們唱他們的國歌，我們還得背誦他們的口號：猶太人，毋忘海拜爾[23]，穆罕默德的軍隊就要回來了！我的正義夥伴們，大家請跟我一起唱！各位自由的靈魂！自由放養的雞蛋們！猶太人，毋忘海拜爾……」觀眾這下就不買帳了——許多人開始敲著桌子，吹口哨喝倒采。觀眾不是傻子哪。一名剃光頭的年輕男子，看起來可能是休假的阿兵哥，口哨吹得太用力，差點沒從椅子上跌下去。

「好吧，算你們對，算你們對！」他舉手求饒，誠摯地笑著。「而且何苦想那些東西？要等到事情發生時間還久得很，而且約阿夫說得對極了——不談政治！那要等我們孩子都長大成人了才會發生，因此那是他們的問題了。況且誰要他們一直留在這裡吃我們排出來的大便？現在幹嘛要擔心這些事？何苦一直衝突、爭吵，還內戰呢？為什麼要想這種事？幹嘛要思考？各位來賓一起來，為不思考掌聲鼓勵一下！」他歡呼時脖子上都冒出青筋來了。「嘿，約阿夫！來點燈光，讓我們看看這裡的情況好嗎？整個灑下去！對，把整個房間照亮……蜜糖兒，你們好呀，感謝你們今天光臨哪。看來是亞蒂·阿胥肯納吉[24]的表演票都賣光了對吧？我說啊，你會熱嗎？你怎麼不會覺得熱？你瞧瞧我，在臺上汗都滴成這樣了。」他抬起腋下，深深吸了一口氣。「啊啊啊！那些麝香販子真的用得到時就是找不到人哪。老哥，空調開大一點吧！你也該在我們身上花點錢了吧！帳算我的！我們說到哪兒了？」

他整個人亂了陣腳。這一連串旋風似的煽風點火，似乎未能成功克服那名嬌小女子帶來的影響。這一點我可以感覺得到。觀眾也感覺得到。

「我們棒打蟲……我的祖國，我的祖國……我們孩子完蛋了……速記員麻煩重複一下最後幾句話……」他在舞臺上左右穿梭來去，眼尾偶爾朝那名低著頭的嬌小女子投以不安的眼神。他整張臉露出惡毒的揶揄神情。我開始認得出那種表情了。那是內藏暴戾之氣的閃現。抑或是深藏內心的外顯暴力也說不定。

「好孩子啊？好孩子……」他喃喃說著，臉上表情扭曲彷彿心被人狠踩腳下。「我說啊，你真是太鬧了！連我自己都想不出這一招吧？這就是我的生日禮物嗎，來個算命的？內坦亞的人們，你們到底想怎樣？難道不能來支香檳王就好了嗎？非得來這招

23 海拜爾（Khaibar），沙烏地阿拉伯西部的綠洲，原為猶太人聚居地，於西元六四二年落入穆斯林之手。

24 亞蒂・阿胥肯納吉（Adi Ashkenazi, 1975~），以色列知名女性喜劇演員及電視主持人。

新鮮的來搞我嗎？我是說，你們想嘛，不管是在世界的哪個角落，像我這種等級的表演者，通常驚喜禮物會是從蛋糕裡迸出個裸體辣妹，對吧？這一位可能只能從奧利奧餅乾裡迸出來吧！我開玩笑的啦，不要擺出那種臉，拜託啦，小可愛，我沒惡意的，別哭，不要啦……噢，別這樣……不要啦，親愛的……」

她沒在哭。她的臉的確痛苦得扭曲了，但她沒哭。他盯著她看，他的臉不自覺反映出她的表情。他走到扶手椅坐下。他一臉疲憊挫敗的表情。有人吐槽了：「醒醒，走了啦！」一名穿著藍色運動服的削瘦男子大聲喊道：「好了啦，趕快開始表演啦！你現在是打算跟她一起做團體心理治療嗎？」這引起了不少笑聲。人們漸漸甦醒過來，彷彿剛剛做了場奇怪的夢。坐在吧臺附近的一名女子喊道：「你為什麼不喝口牛奶呢？」她的朋友鼓掌附和，全場好幾桌觀眾都大笑出聲，叫好的人也不少。多瓦萊赫豎起一根手指，伸手進椅背搜了一會兒，拿出偌大的紅色隨身壺來。有些觀眾看到這裡開懷笑了出來，我再次試圖理解這些來看他表演的人：他究竟帶給了他們些什麼？

都是些陳腔濫調——他究竟有什麼料可以給人？

說不定我留下來也好，我心裡出現一絲奇特的興奮感。幸好我留下來了，才能見識到這一切。

他揮動著手上的隨身壺。上頭以粗黑的手寫字用英文寫著：牛奶。觀眾出聲歡呼。他慢慢打開蓋子，喝了一小口，意猶未盡地舔了嘴唇笑道：「啊……這是懷念的舊時味道哪，妓女幫老頭吹完後這樣說道。」他又喝了一口，這次喝得很急，喉結不住上下滑動。他把瓶子放在地板上，擺在兩腳之間，接著好整以暇坐回扶手椅去。他盯著那名嬌小的女子好一會兒，然後一臉不解的表情搖著頭。他整個上半身往前傾，頭沉入雙膝間，兩臂垂在腳邊。整個人看不出來有在呼吸的模樣。

全場再度陷入死寂，空氣也剎那間凝結。我想每個人腦海中應該都閃過同樣的念頭，他該不會再也不起來了吧。每個人彷彿都感覺到在某個變幻莫測的遙遠法庭裡，有人朝空中扔了一枚銅板，會以哪面落下沒有人知道。

他是怎麼辦到的？我在想。他究竟如何在那麼短的時間裡，將全場觀眾，某種程度上甚至包括我，都變成他的心靈眷屬？成為其人質？

他維持這樣奇怪的姿勢不變也不著急。相反地，他身子愈陷愈沉。稀疏的髮辮往前落在他頭皮上，從這角度——他拱著整個背——看來，他顯得極渺小蒼老，遠比他實際的年齡還要老，彷彿整個人都萎縮了。

我小心翼翼地四處張望，深怕會破壞任何線索。大部分的觀眾都向前傾身，忘神盯著他看。那對年輕騎士中有人慢慢伸出舌頭舔了上唇。那是觀眾群中我唯一看到的動作。

他終於勉力將身軀從扶手椅裡抽出來，站起來挺直身體面對我們，此時他臉上的神情變了個樣。

「慢著，等一下，別吵！一切都停下來重新來過。整晚都從頭來過！這一切都是一場誤會！刪除！消除前文！不是因為你們聽不懂的關係——你們最棒了。不是你們的緣故，是我的問題。我沒想到，這對我自己來說竟是個大好良機。我的老天爺啊……」他雙手抱頭。「內坦亞的朋友，你們絕對不會相信今晚會有多精采！噢，內坦亞，鑽石之城，你們這群觀眾真是幸運到不行哪。今晚你們將見識到神蹟，你們中大獎了呀！」他雖然對著觀眾說話，眼神卻一直刺向我，他有緊急的訊息想告訴我，卻無法簡單地以眼神來溝通。「在下決定了，經過小弟與御貓哥多[25]參詳的結果，對了，經理還好心幫我兌了許多自來水——親愛的約阿夫，幹得好哪——總之呢，我決定了……我決定了什麼啊……我看一下……我舌頭都打結了。噢，好：我決定了，各位遠道前來慶祝我生日，我個人為了表達感激之意，雖然有隻小小鳥小小聲告訴我——小小聲是因為牠聲音啞掉了，禽流感你知道的——你們說不定這下全忘了今天是我生日……」

他這是權宜之計。分散我們的注意力，好讓自己有時間消化腦中浮現的複雜念頭，同時盤算下一步怎麼走。

「但你們還是來了，由於你們的慷慨大量，來了這麼多人與我同歡，我當場決定今晚要給大家一點紀念品，那可是來自我的一片真心哪。我就是這樣的人，天生大方慷慨。『大方的多夫．格林斯坦』，我的墓誌銘上就會寫這句話。下頭附上一句：無窮的潛力長眠於此。更下面還有一句：九八年份的速霸陸求售，車況保養極佳。但朋友啊，我們來商量一下，我有什麼能給你們呢？錢嗎，這我們都知道，我一毛都沒有。我只有身上這件襯衫——而我身材又太小號不划算。我是有五個小孩，但他們都不屬於我，而我人生中最大的成就，就是建立了一支團結一致的大家族——他們都一致討厭我。說到底，內坦亞的民眾，你們懂的——我什麼都沒有。但我還是要為各位帶來自己從沒表演過的內容，一則不加油添醋的人生故事。沒錯，人生是最精采的故事。我超喜歡的——六號桌，你是怎麼了？老兄，你在緊張個什麼勁兒？這不過是個故事

25 御貓哥多（Gato Negro），知名的智利葡萄酒廠。

罷了，你甭需太傷腦筋，你甚至不會發現自己原來有腦袋這玩意兒。這不過是語言構成的故事，風吹鈴響這樣罷了。右耳進去，左耳便出來了。」

他又往我這邊看了。迫切的眼神鑽入我心中。

「我希望你來看我。」那天晚上，在我連忙為自己的不禮貌道歉後，他這樣說道。「你只消在那兒坐上一個半小時，頂多兩小時，要看當晚表演的情況而定。我們會幫你準備位置旁邊一點的桌子，這樣就不會有人煩你。飲料、小菜，甚至你要計程車的話，都算在我身上，任何代價只要你開口我都肯付。」

「等等，我還是不懂你要我做什麼。」

「我說過了。你要的話，可以錄音，也可以用你的手機拍照，我都不在意。只要你來看我。」

「然後呢？」

「然後，假如你願意的話，撥通電話給我，告訴我你看到了什麼。」

「聽著，你究竟要這個做什麼？」

他想了整整三十秒。

「什麼都不做。就算為了我自己吧。我也不知道。聽著，我知道這有點唐突，但我就是臨時起意了，就這樣。也差不多是時候了。」

我笑了。「讓我搞清楚一下。你想要我評論你的表演？還是你只想知道自己在臺上的模樣？因為不管怎樣，我都不是適當的人選。」

「不，當然不是……你怎麼會說……」他暗暗地笑了。「相信我，我很清楚自己的模樣。」他深呼吸後一口氣吐出來，彷彿這番話演練已久。「你若同意的話，阿維夏，我想聽像你這樣受過訓練的人的看法，我的意思是，你這輩子都在觀察別人，必須在一瞬間看出人的好壞，包括他們的本質……」

「哎哎哎。」我打斷他的話：「你說得有點過頭了。」

「不是的，我只是想要……我知道自己在說什麼。我以前都會看報紙上報導你審的案子。我會看新聞，他們會引用你的判決，還有你對被告及律師的看法，你說的每個字鞭闢入裡。雖然最近消息好像不多，但我記得你辦過好幾件大案子，轟動全國……相信我，阿維夏，法官大人，我真不知道該怎麼稱呼你，這種事情我的眼光很準。有時候這就跟讀書一樣呢。」

他的單純天真讓我覺得好笑。但不只好笑而已。我尋思自己以往的判決，那每一句話都是精雕細琢後的結果，在當中我偶爾——當然是不張揚，適當合度地——運用生動的譬喻，或者引用佩索亞[26]、卡瓦菲[27]，或拿單．札赫[28]等人的詩句，有時甚至自己詩興大發來上一句。我頓時對那些被遺忘的珠璣深感自豪。

我內心突然亮起一個畫面：約莫五年前，塔瑪拉坐在廚房裡，盤著一條腿，桌上一壺泡著新鮮薄荷的熱開水，牙齒啣著削尖的鉛筆噠噠作響，那聲音簡直教我受不了，她正在讀我的文字，「仔細搜尋過度濫情的形容詞與激烈的意象，任何法官大人常犯的誇飾贅文。」（我人在客廳裡反覆踱步，等待她的裁決。）

「所以你想要我那樣對你？」我笑了出來，我得深吸一口氣才能講下去。「你想要我個人的裁決？將司法制度民營化？法官上門親訪？還不賴嘛……」

「裁決？」他聽來錯愕。「你說裁決是什麼意思？」

「哦，不是那樣嗎？我還以為你是想跟我說些什麼，然後要我……」

「可是你為什麼說是『裁決』？」一股冷冽的風從電話那頭吹過來。他吞了一口水。「你儘管來我的秀，看我表演一段，真的就只是這樣，然後告訴我——不過沒必要手下留情，這點最重要——兩三句話就好了，我知道你辦得到，我選你是有原因的……」他又自己笑了起來，但這次我聽見他聲音裡的不確定。

我很明白事情沒這麼簡單。還有什麼事情沒講出來，說不定連他自己都不曉得。

---

26 佩索亞（Fernando Pessoa,1888~1935），葡萄牙詩人與作家，代表作為《惶然錄》（O Livro do Desassossego）。
27 卡瓦菲（Constantine P. Cavafy, 1863~1933），埃及裔希臘詩人。
28 拿單・札赫（Nathan Zach, 1930~），以色列當代詩人。

我繼續問了幾個問題，嘗試從各種角度切入，問話盡可能尖銳，但都無功而返。除了含糊地表達希望我去「看」他之外，他沒辦法把話講清楚。我們的對話開始繞圈子打轉。我可以感覺到他逐漸失去剛開始那天真童稚的冀望，還以為分離四十多年後，我們依然能一見如故。

「假設說……」我已經開始盤算如何拒絕時，他說道。「假設說你就來坐著看我表演一小時、一個半小時就好，我說過長度照當晚狀況而定。之後你只消撥通電話，也可以寄信來，我都可以，能收到催帳單之外的信也是樁好事哪，只要一頁、甚至幾行話都行，說不定一句話也可以。我是說，你有能耐一句話就擊垮別人的……」

「可是要講什麼？主題是什麼？」

他又不好意思地傻笑。「我猜我是想要你告訴我，我這是……沒關係，算了。」

「你說吧……」

「我是說，你知道的，別人看我時到底看到了什麼？別人注視我時他們瞭解了些什麼……從我身上散發出來的那個東西。你懂我的意思嗎？」

我說我不懂。狗抬頭看我，牠嗅得出來我在說謊。

「那好吧。」他歎了口氣。「我不打擾你就寢了。我猜這是行不通的。」

「慢著，你繼續說。」

就在此時，他心裡似乎有什麼迸開了流出來。「就說我走在街上，經過某人身旁，他從來沒見過我，完全不曉得我是誰。那第一眼——砰！他察覺到了什麼？他腦海裡紀錄下什麼印象？我不曉得這樣解釋夠不夠清楚……」

我站了起來，開始拿著電話在廚房裡踱步。

「不過我以前就見過你了。」我提醒他。

「那都已經多少年了，」他馬上回話。「我已經不是我，你也不是你了。」

我想起來了：他一對藍眼，大得跟臉不成比例，加上突出的嘴唇，讓他看上去像是五官尖銳的變種小鴨子。小個子卻滿溢搏動的生命力。

「那種，」他輕輕說道，「從一個人身上不由自主散發出來的東西？全世界或許只有這個人才有的東西？」

那就是人格發散的氣場吧，我心想。內心的光芒。也可能是內心的黑暗。獨一無二的祕密、顫動。那是人的內裡無法被言語所形容的本質，超乎他所遭遇過的一切，超乎那些出了差錯化作內心扭曲的源頭。多年前我剛當上法官時，我曾天真地發誓要在我面前每位被告或證人身上看穿的東西。我曾發誓自己絕不輕忽這一切，要將它當成我審判的出發點。

「我不當法官已經三年了，」我突然覺得非說不可。「我已經退休，我想應該有三年了。」

「退休了？怎麼回事？」

有那麼一瞬間我認真考慮告訴他緣由。「我選擇提早退休。」

「那你現在都在做什麼？」

「沒什麼。在家裡蹲。弄弄園藝。讀書。」他沒說話。我可以察覺到他的態度有所分寸，我喜歡。「事實是呢，」我也沒想到自己會這樣向他解釋，「我的裁決對整個司法系統來說有點太尖銳了。」

「喔。」

「太衝了，」我冷冷一笑。「全部都被最高法院給推翻了。」

我還告訴他，我對好幾個厚顏無恥撒謊的證人大發雷霆，遭殃的還有那些對受害者作出可鄙惡行的被告，以及他們以交叉訊問折磨受害者的律師。

「我的錯，」我繼續說下去，彷彿我們是會每日通話的朋友了，「錯在我跟一名後臺很硬、飛黃騰達的律師說，他是人渣。我就是這樣玩完了。」

「我都不曉得。最近我很少看新聞。」

「這種事情都在制度裡靜悄悄地快速處理掉了。只要三、四個月一切便告終結。」我笑著說。「你瞧，正義的法輪有時候轉得挺快的。」

他沒回應。我有點失望自己竟然沒辦法逗喜劇演員笑。

「我每次看到你的名字出現，」他說：「我都會想起我們以前的模樣，我對你在做什麼、人在哪裡一直保持關心。我不曉得你是否還記得我。看你步步高升，我真的很替你開心，我是真心的。」

狗發出幾乎與人一樣的歎息聲。我實在不忍心將牠安樂死。在牠身上還能看到——味道、聲音、觸摸、眼神——許許多多的塔瑪拉。

我們之間又陷入沉默，但這回卻不大一樣。我在想：人們對我的第一印象都看到了什麼？他們是否仍看到我以前的模樣？我曾見識過的愛是否還殘留任何印記？一個重生的胎記？我已經好久不曾觸碰這一塊，這些念頭令我困惑，有些什麼開始在我體內滋生。我依然覺得這件事不該做，但這或許至少是個轉變，我正需要這樣的錯誤。我於是說：「假如我答應了，不過我還不確定自己到底會不會答應，你得明白我是不會手下留情的。」

他笑了。「你忘記了那是我的條件，不是你的。」

我說他這個主意聽起來有點像雇用殺手來解決自己性命。

他又笑了。「我就知道找你沒錯。只是別忘了——一刀斃命，直取心臟。」

我也笑了，一股溫暖而久被遺忘的微熱水氣，從我們當年那些日子冉冉而起。我們說再見時氣氛已然變得輕鬆，甚至轉為熱絡。就在此時，或許正因為臨別時所說的話，我有如挨了一記，猛然驚覺：我想起了他，還有我，當年所遭遇的事，當時我們一起在貝爾歐拉[29]的加德納[30]營區受訓。當下我如同被天打雷劈，我怎麼能忘記這一切。

而且他居然沒提醒我，一個字都沒說。

「不過哪，各位朋友，你們得稍加耐心等候，因為我敢向天發誓，這則故事我從沒在表演中說過。不管是哪種表演、什麼人，我從來都不曾吐露過。今晚就說給你們聽了……」

他笑得愈開臉色愈沉。他望著我看，無助地聳著肩。他整個人傳達出一種氣氛，彷彿他不得不跨出後果不堪設想的一大步。

「這下就來了：保證全新的內容，連包裝都還沒拆封。我現在還不確定該怎麼開始，這意思是，各位女士先生，你們是我的實驗對象哪。內坦亞，我真是愛死你們了！」

果不其然再度引起鼓掌叫好。他又拿起隨身壺喝了一口，隆起的喉結上下起伏，在場所有人都注意到他有多渴，而他也能感覺到人們的視線。喉結停止滑動後，他的眼睛越過隨身壺直盯著觀眾。他突然有點不好意思嗓音突然拔尖，但這點反而顯得動人。「內坦亞啊，戛然而止的都市計畫！你們還在聽嗎？沒被嚇跑嗎？讚，太棒了，

29 貝爾歐拉（Be'er Ora），以色列南端的屯墾區，前身為軍事基地。

30 加德納（Gadna），以色列的軍事計畫，為預備參加以色列國防軍和邊防員警的義務兵役青年，進行為期一週的軍事訓練。

我需要各位的捧場，我需要你們的擁抱，將我當成你們失散已久的兄弟。靈媒小姐，你也一樣。你今晚真是教我措手不及，我必須承認，你來自一個我已經……那是任何白人都已久未駐足的地方……」他拉起褲管，露出底下枯槁無毛的皮包骨，凝視著。「好啦，不看老頭枯黃的腿了。不過哪，靈媒小姐，我很開心你來了。我不曉得你今晚怎會起意來到這裡，不過總之你來了，而且你或許會對這則故事有點專業上的興趣，因為這牽涉到……該怎麼說呢……這故事裡有鬼。說不定你還可以跟它通靈呢，不過我要警告你——這通訊息由對方付費喔！

「我現在說真的，這個故事很棘手。你甚至可以說這是一樁命案，只是誰被殺了也不清楚，算不算命案也難說，而且究竟是誰送了命也不知道。」他臉上閃過小丑般的咧嘴大笑。「現在廢話不多說，立刻為各位獻上我第一場葬禮荒唐又爆笑的故事！」

他繞著扶手椅蹦蹦跳跳，對著空氣打拳擊，一下子出拳刺擊，一下子快速牽制閃避，猛然又來一拳。「如蝴蝶般飛舞，蜜蜂般螫刺。」[31]他有如唱詩般吟誦。觀眾席傳來幾聲笑，也有人開始清嗓子，顯示大家開始放鬆心情期待笑料。可是我又不安了起來。極度地不安。我的座位離出口僅有五步距離。

「我的第……一場葬……禮！」他再度鄭重宣布，這次的口吻有如馬戲團領班自吹自擂。坐在房間最邊邊的一名瘦高女子爆出斷斷續續的笑聲，他戛然而止狠狠瞪了她一眼。「我操，拜託一點，內坦亞南部的觀眾，我說葬禮你是在笑什麼意思？你們這裡都是這樣的嗎？」觀眾聽了笑得不可開支，但他臉上卻無笑容。他繞著舞臺打轉，對著自己說話比手勢。「這些人是怎麼回事？究竟是什麼人聽到這種事情才笑得出來？可是你自己都看到了啊。你超厲害的！引起多瓦萊赫七點二級地震了哪。我真是搞不懂這些人……」

他靠在扶手椅上歇了會兒。「妹妹，我說的是『葬禮』耶。」他對那名瘦高女子的攻勢不曾停歇。「親愛的，難道這樣要求點憐憫也太多了嗎？只要一小撮同情就夠——馬克白夫人，你可曾聽過同情這個詞？同情哪！我意思是，我們說的可是死亡哪，小姐！請各位為死亡鼓掌！」他嗓音瞬間燃起駭人的火花，張開雙臂如飛機般穿梭舞臺，然後高舉過頭規律地鼓掌，煽動觀眾一起來，「請為死亡鼓掌！」人們尷尬地笑著：這句話刺激著他們神經，在舞臺上尖叫亂竄的他刺激著他們神經。他們眼神對到他時開始顯得呆滯，這下我已經能辨認他的手法：他把自己搞得神經瘋狂，藉此

31 美國拳王阿里（Muhammad Ali, 1942~2016）的名言。

煽動他們的情緒。他點燃自己好挑起他們的火。我還不大理解這當中的機制，不過這招的確有效。連我都能感到空氣中、甚至我的體內，都隨之震動，我告訴自己，或許面對這樣打從內心融合原始因子的人，任誰都很難無動於衷吧。但那無法解釋我體內轟隆作響的咆哮，音量隨著分秒流逝愈發震耳。零零散散的有些人跟著他起鬨——但都是男人。或許他們這樣做只是想要他安靜下來，以咆哮蓋過他的吶喊，不過沒一會兒他們便加入他的嘶喊。他們被什麼給攫住了——那股律動，那種癲狂。「請為死亡鼓掌！」他喊得滿頭大汗喘不過氣來，雙頰如發燒般火紅。「聲音再大點！」他高聲尖叫，包括那些軍人在內的年輕人開始高舉雙手隨他一同咆哮，他臉上露出尖酸的笑容刺激他們，那兩名騎士扯著喉嚨大叫，此時看得出來他們是一男一女，說不定是孿生子，五官輪廓分明的他們看似兩頭兇猛的幼犬，貪婪地注視著他，囫圇吞下他的一舉一動。坐在吧檯附近的男女也開始躁動，甚至有名男子站到椅子上舞動著肢體。一名削瘦面如灰土的男子，張狂地揮舞著雙臂高喊：「請為死亡鼓掌！」那三名膚色古銅的婦人也瘋狂了起來，瘦削的手臂在空中搖擺，又叫又笑連眼淚都流了出來，而多瓦萊赫本人也大爆發，他已進入癲狂的狀態，手腳狂舞，而觀眾們遭笑聲淹沒，陷入狂熱的瘋癲中，我身旁的六、七十名觀眾，男女老幼，嘴巴裡彷彿塞滿了有毒的跳跳糖——一開始是尷尬的哼唱，彼此斜眼對望，然後大家一個接著一個彷彿心裡亮起來了，高聲喊得臉紅脖子粗，下一秒他們便歡欣雀躍，有如自由癡傻的氣球，擺脫了地心引力，爭先恐後加入唯一不會吃敗仗的陣營：請為死亡鼓掌！幾乎所有觀眾如今都邊喊邊規律地鼓掌，而我也一樣，至少在心裡是如此的——但為何僅只如此？我為何不能再更進一步？為何不跟自己告假，就這麼一次，甩開過去幾年我戴上的有毒面孔，畢竟我紅著眼眶忍淚已經太久。何不就跳到椅子上，高喊著為死亡鼓掌，它在短短六週內從我身邊奪走我這輩子唯一真心熱切、以生命喜悅愛過的人。從我見到你容顏的那一刻開始，你那發光熠熠的圓臉，純淨、睿智、美麗的額頭，強健濃密的秀髮，我曾愚蠢地認為那代表你堅韌的生命力，以及你寬大慷慨律動的身體——不准你抹去這裡面任何一個形容詞——你對我來說是一帖良藥，治療了我那被困住的乾涸的單身生涯，並幾乎取代了我個人人格的「司法氣度」，以及沒有你的那些年裡在我血液中累積的生命抗體，直到你，帶著你的一切來臨——

你——將這一切化成文字我依然覺得渾身不舒服，即使只是寫在紙巾上，但只要寫出來似乎便無可挽回了——當初比我年輕十五歲，現在變成十八歲了，你我之間年歲的差距隨著日子過去逐日增加。

你，當初與我攜手時曾經許下承諾，會永遠含情脈脈看著我。那是愛意證人的眼神，你說。不曾有人對我說過比這更美的話。

「死神，跟我一起繁衍後代吧！」他活脫像瓶中蹦出來的精靈一樣邊叫邊跳，全身是汗，面如火炬。觀眾跟他一起又叫又笑，他大聲咆哮：「死神，死神，你贏了！你最棒！帶我們走吧，死神，讓我們加入大家的行列吧！」我爆裂的內心暗自吶喊，我敢說我會站起來與他一同咆哮，即使在場的人都曉得我是誰了，即使我身分貴為法官。我會起身同他一起咆哮，有如胡狼對著月亮星子號叫，她的小肥皂還在淋浴間的小碟子裡，粉紅色拖鞋也還在床底下，還有我們以前晚餐一起動手做的波隆那肉醬麵——我本來真的會這樣做，只不過我看到了那名鬱鬱寡歡的矮小女子用手指堵住耳朵，眼前這副景象有如芒刺在背。

我被擊垮，縮了起來。

多瓦萊赫彎腰把手撐在膝蓋上，滿臉大汗，嘴巴咧開，皮笑肉不笑。「停，快別這樣。」他笑得喘不過氣來拜託觀眾。「你們太棒了，我承受不起。」

看他這樣暈頭轉向笑到岔氣，觀眾們瞬間恢復理智變得冷靜，眼神也變得嫌惡。全場蔓延著沉默，在這當中我們都明白了，這名男子已然超越自己的極限。

對他而言，這並非一場遊戲。

他們癱坐在椅子上，呼吸無比沉重。女服務生又開始在各桌間活躍了起來。廚房門也不斷開闔。大家都突然間渴了、餓了。

他病了。我恍然大悟。他病了。可能病得很重。我怎麼會沒注意到？我怎麼會不懂呢？他甚至都講得很明白了：攝護腺、癌症，還有其他一些不甚高明的暗示，我卻還是以為他只是在說笑，或只是想博取同情，這麼做可能是希望我們評斷時高抬貴手，更別說我的裁決了。我一定是想得太多，這傢伙什麼事都幹得出來。我一定是以為──倘若我真有任何想法的話──即使他說的話有一絲真實的成分，即使他真的生過病，他現在的狀況一定不算嚴重，不然的話他不會上臺表演，因為不管肉體或心靈上他都辦不到，對吧？

我該如何看待這件事？我該如何解釋──以我二十五年來，所有細節滴水不漏的觀察與聆聽經驗──自己居然完全沒察覺他的狀況，只顧自己的事？他那過動的聒噪與神經質的笑話，怎會讓我中招，就像癲癇患者碰上了頻閃燈一樣？我怎會一直自憐自艾只想著自己的人生？

過去三年來不管我讀了多少書、看了多少電影、接受多少親朋好友的慰藉都沒辦法解決的事，怎會他在這種狀態底下就辦到了？

他的病徵在今晚節目的第一小時，根本就大剌剌攤在我眼前：那瘦骨嶙峋的五官，不忍卒睹的消瘦。然而我卻裝作沒看到，即使我腦子裡某個部分早明白這件事。我選擇忽略，即使那痛楚愈來愈顯尖銳——我很熟悉那種痛苦，明瞭眼前這個跳著跑著喋喋不休的男子，很快就要不在人世了。存在呀！才沒多久前他剛這樣狡猾地笑著喊著。還真是顛覆性的妙主意啊。

「好，說到我第一場葬禮……」他笑著伸出自己孱弱的手臂。「你們聽過這個故事嗎？有個人死後來到天上的報到處，就是把人分配到天堂或內坦——我是說地獄啦——的那個地方。說真格的，那可不是我們最恐懼的事嗎——結果證明拉比說的都是對的？地獄是來真的？」觀眾有點敷衍地哼笑著，紛紛低下頭來，不願直視著他。

「各位，說真的，我說的是一視同仁、整套的地獄，業火、惡鬼、耙子、長叉一應俱全，另外還有酷刑輪、油鍋，以及所有撒旦使用的道具……過去幾個月來，光是想到這些我連眼睛都無法闔上，我發誓，到了晚上尤其難受，整個人被這些念頭吞噬，我完全懂你們現在心裡的想法：狗娘養的，去巴黎的路上我幹嘛要吃那些蝦子？還有逾越節在阿布高什[32]吃的口袋餅？我們幹嘛不全都投正統派猶太教一票？」他發出低沉的聲音，「王八蛋，太遲了——下油鍋吧！」

觀眾笑了。

「好，剛剛說到我第一場葬禮。結果你們笑了，你們這些混帳，沒血沒淚的觀眾——跟一月時的阿胥肯納吉猶太人一樣蒼白、冷酷。我在講的是一個還沒滿十四歲的孩子哪。小多夫，多瓦萊赫，他母親眼裡的寶貝。你們看看我吧——如何？就像這樣，只是頭還沒禿，沒鬍渣，也還沒開始厭惡人類。」

他幾乎不由自主地望向了那名嬌小的女子，彷彿想請她定奪。很難說他希望得到肯定或否定的答案，但我也注意到這是他第一次沒先朝我這邊看。

她拒絕看他，別開眼睛去。而且每次聽到他自我貶抑時，她便會搖搖自己低下的頭，嘴唇隨著他講話無聲自語。從我這桌看過去，她似乎在以自身的話語否定他所說的每句話。他還拿不定主意該不該再次朝她進攻。我察覺到她身上有某種特質，令他的血液沸騰。他的唾液腺已經開始分泌毒素……

他放過她了。

32 阿布高什（Abu Gosh），位於耶路撒冷西方十公里的地方委員會層級聚落。

在那稍縱即逝的瞬間，一名動作靈巧、臉色蒼白的笑臉男孩，倒立著在公寓後頭的砂土路上用手走路。他遇見了一名穿著格紋洋裝的小女孩，他努力著想逗她笑。

「而那位多瓦萊赫，願我安息，個頭跟花生米差不多大，渺小到沒存在感——說到這裡，讓各位知道一下，我十四歲就跟現在一樣高了，之後再也沒長高過。」他果不其然哼出不屑的笑聲。「各位可靠的朋友，我相信你們也看得出來，在高度這個領域裡——」他慢慢將手從頭往下遊移到腳——「我不知怎麼搞的毫無成就，不像在崩解原子或發現上帝粒子這些方面，一如眾人所知，我成就非凡。」他露出迷茫的眼神，深情地撫摸著自己私部：「啊，上帝粒子……不過說真的，在我爸那邊的家族裡，男人通常長到成人禮就到頂——凍住了！一輩子就那樣了！這一點很多研究都有記載，我相信連門格勒[33]都研究過我們，至少有部分研究過吧，特別是大腿和前臂骨。沒錯，我的族人引起那名溫文內向男子的興趣。我爸家族至少二十名男子都進過他的實驗室，在這位好心醫師的協助下，他們每人都發現，萬物沒有極限。」他驀地露齒一笑。「不過只有我老爸本人，那個狡猾的傢伙，錯過了門格勒的研究，因為他是移民以色列的先鋒，苗頭一不對勁他馬上開溜。不過我媽卻直接遇上了他，我是說醫生，她整個家族無一例外。事實上你甚至能說，他就像我們家族的特別家庭醫生一樣，可不是嗎？」他對著觀眾眨眼，但他們如今緊閉嘴唇。「你們想想，醫生那麼忙碌，來自全歐洲的人們都跑來見他，甚至在火車上擠得不惜疊羅漢也要來找他，即使如此他還是抽空一一接見每個人。不過他完全不容許其他醫生的見解啦。你只能看他一位醫生，看診時間也很短：右邊的、左邊的、左邊的、左邊的、左邊的……」

他頭顱像壞掉的時針一樣，左右擺盪了十五次有吧。觀眾席傳來一陣抱怨與不滿的沙沙聲。大家坐立難安，面面相覷。不過還是有人想笑不敢笑，尤其是比較年輕的觀眾。那兩名機車騎士是唯一放膽笑的，他們的鼻環和唇環亮著閃光。坐我隔壁那桌的女子瞄了他們一眼，起身歎口氣走開。大家都盯著她看。她的丈夫無助地多坐了一下子，後來還是跟在她背後跑出去。

多瓦萊赫走向舞臺後方安在木架上的小黑板，直到現在我才發現它的存在。他拿起紅色粉筆畫了條直線，然後在旁邊畫了另一條比較短的曲線。觀眾席傳來竊笑與耳語聲。

「請想像一下一位長成這樣的多瓦萊赫：有點遲鈍，一臉欠揍的模樣，眼鏡厚到

33門格勒（Josef Mengele, 1911~1979），人稱「死亡天使」，德國納粹黨衛隊軍官暨奧許威茲集中營的醫生。

不行，短褲皮帶一路往上拉到乳頭——我爸老是買大上四號的衣服給我，他對我期望可高的呢。現在把這一切倒立過來，手頂地站立。如何？懂了嗎？瞭解他的伎倆了吧？」他頓了會兒想了一下，然後一股腦往地上趴，手撐在木質地板上。他努力想把自己撐起來，下半身卻搖搖欲墜。雙腿顫動了幾下便往側邊倒下，臉頰直接撞在木板上。

「我不管去哪裡都是這副模樣。上學時背包在前面晃啊晃的，不管在屋裡、走廊上，或從臥房到廚房這段路上，來來回回上千次，直到我爹回家才住手。在社區裡，不管是穿過庭院，上下樓梯，這都簡單啦，摔倒就爬起來，再撐手倒立起來。」他喋喋不休地講著。看到他這樣子教人不忍，他整個人就趴在那兒一動也不動，只剩嘴巴開開闔闔。「我也不曉得自己哪來的念頭。其實我知道啦，我是在表演給我媽看，這是一切的源頭。以前晚上的時候，趁理髮師費加洛回家前，我會表演三段短劇給她看，等他回來後再裝乖。有一天，也不曉得為什麼，我把手撐在地板上，腳往上蹬，一次兩次地跌了下來，我媽開心地拍著手，以為我是想逗她笑，或許我是吧，我這一輩子就只想逗她笑。」說完他便住嘴，閉上眼睛。他頓時變成了一副軀殼，沒有生命的肉體。我耳邊聽到會場又開始忍不住竊竊私語：這是怎麼回事？

他起身，默默地將自己的肢體一一從地板上拾起——手臂、腿、頭、手、臀部——彷彿拾起散落地面的衣物。觀眾席悄悄滲出沉靜的笑聲，這是我今晚還沒聽過的種類。這輕柔的笑聲是種讚歎，對他動作的準確、表現的細緻，以及戲劇才能的讚歎。

「我看得出來我媽樂在其中，於是我又把腳往上蹬，搖搖晃晃地跌了下來，然後再接再厲，她又笑了。我是真的聽見她笑了。於是我一試再試，直到我找到正確的動作，頭的位置也擺對了。此時我很平靜，也很開心。我耳朵裡只聽得到血液流動的聲音，然後變得安靜，所有噪音都停止了，感覺彷彿我終於在半空中找到了一個世界上只有我的地方。」

他有點害臊地笑了，我想起他要我在他身上看什麼了：那就是從一個人身上不由自主散發出來的東西。全世界只有一個人所獨有的東西。

「還想再聽嗎？」他幾乎有點不好意思地問。

「老兄，來點笑話如何？」有人喊道，接著有別人抱怨著說：「我們是來聽笑話的！」一名女子對著兩人吼道：「你們看不出來今天他就是笑話嗎？」這番話引來哄堂大笑。

「我平衡感超好的。」他繼續說了下去，但我看得出來他受傷了，連嘴唇都泛白了。「事實上，我恢復正常腳踩在地面上時，反而總會覺得有點踉蹌，感覺幾乎快摔倒似的，而且時時提心吊膽。我們鄰里間有個美好的傳統：叫做揍多瓦萊赫。那不是多嚴重的事，不過賞個巴掌，踢個一腳，揍肚子一拳罷了。那也不是惡意的，只是技術性的反應動作，你知道的，就像打卡一樣。你今天揍過多瓦萊赫了嗎？」

語畢惡狠狠瞪了剛才取笑他的女子。觀眾大笑。我沒有。我親眼在貝爾歐拉的加德納營區見識到了，整整四天。

「不過只要我用手走路，你們也知道，不會有人揍倒立走路的小子。這是事實。這樣說好了，你想賞那倒立的小子一巴掌——你要怎樣打到他的臉？我意思是，你該不會下腰彎到地上打他吧？或者說你想踢他好了。你要踢他哪裡？他的卵蛋這下究竟是在哪裡？搞糊塗了對吧？簡直神出鬼沒！而且或許，你甚至會開始有點怕他。沒錯，因為這樣一個倒立的小子可不是在開玩笑。有時候呢——」他偷瞄了靈媒一眼——「你甚至會覺得他瘋了。媽，媽，你快看，有個男孩用手走路耶！噓，小聲點，你看那個割腕的人！好痛……」他歎了口氣。「我簡直就是個瘋子。你們可以問她，我在鄰里間有多被人笑話。」他大拇指比向她那裡，眼睛卻沒跟著轉過去。她仔細聽著，彷彿在推敲他說的每一個字，然而她還是繼續堅定地搖著頭：沒有。

「老天爺，還要搞多久……」他無奈地攤手朝我這邊看，我又再次有種感覺，他似乎認為她的出現我得負起責任，好像我刻意召來敵意證人似的。

「她真是惹到我了。」他大聲地自言自語。「我沒辦法這樣做，她擾亂了我的節奏，我在這裡想營造故事，這個女人卻……」他用力搓揉著自己胸部。「你們聽我的，別聽她的，好嗎？我真的是很糟糕，我連遊戲都不會玩，什麼遊戲都一樣。這位小姐，你頭是在搖什麼勁兒的？難道你比我自己還瞭解我嗎？」他這下開始不耐煩了。

這已經不再是場秀了。有什麼事情正在發生，觀眾為其所吸引，雖然有點不安，然而人們顯然願意放棄他們來此的本意，至少暫時看來如此。我努力克服那讓我不能動彈的情緒。我努力不要陷下去，我得做好準備，我曉得接下來有得我受的。

「比方說好了。有個傢伙每天都會來找我爸嚼舌根，說我做了這個那個，還說我倒立用手走路。有人看到我頭下腳上跟在我母親後頭走路。附帶跟各位說明一下，在下的職責，就是五點半去公車站等她，那時候她正好下班回家，小弟會陪她走回家，確保她不會迷路，不會亂走到別的地方，不會偷溜進城堡參加王公貴族的饗宴……假裝你們聽懂就好了。內坦亞，你們這兒真是座好城市。」觀眾笑了，我想起了「資深公務員」，以及他緊張盯著瘦弱手腕上時度錶的神情。

「另外還有一個好處，我倒立用手行走時，就不會有人注意到她了，懂嗎？就算頂著那頭破布般的亂髮腳蹬著橡膠鞋，她也可以低著頭到處走；這下突然間不會有人以異樣的眼光看她，她一直都覺得別人這樣看她，鄰居也不會說她閒話，男人也不會從百葉窗後偷看她——他們都只會盯著我看，這樣她就免疫了。」他話說得又急又快，決心不讓任何人打斷他，觀眾們發出躁動的沙沙聲，對兩方之間無形的拔河做出實質的反應。

「不過斷掌老爹聽說我倒立行走的事了，二話不說便把我打個半死，並照例埋怨我讓他的姓氏蒙羞，而且因為我的緣故，人們都在背後取笑他，不尊重他，要是讓他聽到我再犯的話，他鐵定會打斷我兩隻手，還要把我倒吊在掛燈上。那傢伙一生氣就會詩興大發，最教人吃不消的，是他用那種眼神吐出滿口詩意。說真的，你們一定沒見識過那種情景。」他哼了聲冷笑，反應卻不如預期。「就想像一下黑色彈珠，瞭吧？只不過是鋼鐵鑄成的黑色彈珠。他那雙眼睛就是不對勁，靠得太擠、太圓。我說啊，你只消對上那雙眼珠兩秒鐘，便會覺得他儼然如違反演化原則的小動物。」

由於那聲冷笑沒成功，他以丹田將感染力強大的笑聲傳到前線，然後繼續在舞臺上四竄，試圖重新炒熱氣氛。「所以多瓦萊赫怎麼辦？你們現在可能在問自己這個問題，我曉得你們很擔心：小多瓦萊赫怎麼辦？我重新開始用腳走路，我就是這麼辦。你還以為我有得選擇啊？我爸是不能惹的，你們應該已經猜到了吧，在我們家裡信奉一神主義：只不過對象不是上帝而是他。一切以他的意志為準，你敢發牢騷的話，皮帶就抽下來了——啪！」他鞭打著空氣，脖子青筋暴露，扭曲的臉乍顯恐懼與恨意，但嘴角卻彎起來，看似微笑或忿懣，在那一瞬間我看見了一名小男孩，當年的那個小男孩，但顯然我對他一無所知——我逐漸瞭解我有多無知；他的演技真好，我的老天爺啊，即使在當年便演技高超，要演出我們之間的友誼對他來說想必使出了渾身解術——一名夾在桌子與牆角間，被父親用皮帶抽打的男孩。

他父親會打他，他從來沒告訴過我，連暗示都不曾，也沒說過他在學校裡被揍，或是居然有任何人會傷害他。正好相反：他看似一名快樂、討人喜歡的男孩，而他吸引我的正是那份輕鬆樂天的溫暖，就像是一束束魔法的線索，把我從自己的童年和家庭裡拉了出來，因為那裡總是有著些冷淡陰暗、祕而不宣的什麼。

他臉上繼續撐著舞臺演出的笑容，但揮鞭的手勁卻叫那名嬌小的女子畏縮，好似她才是被皮帶抽打的人。她不禁發出幾乎聽不見的呻吟，此時他猛然轉身怒視著她，暗沉的眼神有如蛇要撲上來的態勢。剎那間她身形看起來變大了，這名執拗古怪的嬌小女子，自顧自地奮勇捍衛一名自己數十年前認識的男孩的靈魂，縱使如今他已面目全非。

「好，老爹說不准倒立走路，那我就不倒立走路。可是我就開始想了，現在怎麼辦？我要如何自救？你們懂我的意思吧？這樣頂天立地做人怎樣才不會死？我該如何做我自己？我腦袋當時就是這樣運作的；我總是如此浮躁不安。好，他想看我跟別人一樣走路對吧？好極了，我就照他的意思走路，我會用腳走路，我會當個好孩子，不過我要採取西洋棋的規則，這樣總可以吧？」

觀眾盯著他，納悶著他究竟想說什麼。

「比方說好了——」他開始呵呵笑，臉上擺出奇形怪狀的鬼臉想逗我們一起笑——「一天我會走斜角，就跟主教一樣。第二天只走直線，跟城堡一樣。接著是騎士，向前一步後走斜角。在我眼裡別人就像在同我下棋。當然他們自己不曉得了，那怎麼可能呢？不過他們每個人都扮演不同的角色，整條街道就是我的棋盤，整座校園都下課時也一樣……」

我眼前再度浮現我倆一路談天說地的模樣。他繞著我打轉，一會兒從這裡冒出頭，下一秒又從那裡現身，搞得我頭都暈了。誰曉得我參與的是他哪個遊戲？

「我會以騎士的走法走向我爸，比方說呢，當他在牛仔布房裡縫破布的時候——沒關係的，相信我，這句話總會在某個平行宇宙裡講得通——我會走到棋盤上能保護我母親的格子裡，她是王后，我會站在中間擋住我爸和我媽，然後靜靜地對他說：將軍。我會等個幾秒，給他時間走棋，要是他沒及時走到下一格，那他就被將死了。很瘋癲吧？要是你知道這小子腦袋裡在想什麼，難道你不會笑他嗎？難道你不會猜想這廢人的童年究竟是怎樣過的？」

最後這句話他重重甩在那名嬌小的女子身上。他沒瞧她一眼，但那嗓音擺明是說給她聽的，她挺直身子以淒厲的聲音喊道：「別說了！你人最好了！你沒叫我『侏儒』，也沒拐我去倉庫，而且你都叫我『碧茲』（Pitz），『碧茲』最好了，你都不記得了嗎？」

「不記得。」他站在她面前，雙臂無力地垂下。

「我們第二次講話時，你還用嘴巴銜著報紙上剪下的鄧肯[34]照片來給我，我現在都還放在房間裡。你怎麼可能不記得？」

34 鄧肯（Isadora Duncan, 1877~1927），美國舞蹈家，現代舞創始人，是近代第一位披頭赤足在舞台上表演的藝術家。

「小姐，我不記得了。」他困窘地低聲說道。

「那你為什麼叫我小姐呢？」她輕聲地說。

他歎了口氣，伸手搔了下太陽穴旁稀疏的髮絲。他當然察覺到了，整場表演又要開始歪掉了。他走的這步險棋如今已搖搖欲墜。觀眾也感覺得到，人們面面相覷坐立難安。他們愈來愈搞不懂，自己在不知不覺中陷入何等危險了。我相信他們早就大可起身離去，甚至把他轟下臺，只是他們抗拒不了那股誘惑——親眼見識他人的地獄。

「我沒問題的！多瓦萊赫復活了！」他大聲嚷嚷著，露出虛偽的燦笑。「大家想像一下我們的小多夫，滿臉五顏六色的痘痘，有如天女散花似的，他還沒變聲，還沒摸過女人的乳頭，不過他的左手出奇地強壯有力，因為他個子小雖小，好色卻絕不輸人……」

他喋喋不休，舌粲蓮花。在這當下，我感覺肚子空得很，像是有個深坑，突如其來的飢餓非得馬上填補才行。我點了些小菜，要服務生盡快送上桌來。

「還記得青少年時期，這世上不管什麼都教你好色異常嗎？就像是數學課上幾何時，老師說，請看等邊三角形的兩個腳……結果全班每位男生都開始呼吸沉重流口水……啊……或者她說，請把垂直線放進圓形的中央……」他閉起雙眼，舌舔嘴唇，發出吸吮的聲音。觀眾吃吃地笑，但那名嬌小的女子卻怒視著他，她一臉忿恚，我都不曉得該覺得痛心或好笑了。

「長話短說，我們那一班去了南方一個叫做貝爾歐拉的地方，在伊拉特[35]附近，去加德納營受訓——還記得嗎？就是他們培養以色列未來戰士的地方？」

來了。講得一副雲淡風輕的樣子。自從我們通話後這兩個禮拜，我一直在等他提起這件事。將我隨他一併拉進那深淵裡。

「好朋友們，還記得在加德納的時光嗎？有人知道他們現在還會要求中學生去參加營隊嗎？會？不會？會？」

漫長墜落的虛無感。

我距離門口只有五步。

我即將蒙受的復仇制裁如蜜。

罪有應得。

「我跟你們賭一百萬，那些左派廢除加德納營了，對吧？我不知道，我只是在猜。

35 伊拉特（Eilat），以色列南方濱海城市，位於紅海畔。

我曉得他們就是無法忍受別人歡樂，特別是青少年的軍事教育——哎唷！我們究竟是斯巴達還是以色列哪?!」

他持續朝自己腳底生火。我早已知道，我看得出來。我在椅子上坐直了。我不會讓他殺個措手不及。

他繼續興奮地呢喃：「我們出發上路啦！凌晨五點，天還沒亮，大家的父母把還在半夢半醒間的我們丟在集結點[36]車站——開玩笑……的啦！」他打了下自己手腕。「我也不曉得那句話怎會自己冒出來，一定是犯了妥瑞氏症。每個孩子都只能攜帶一只背包。他們喊我們的名字，送我們上卡車，我們與父母告別後便坐在折騰人的木板凳上長達十小時。我們面對面坐著，只要有人吐了大家都看得到，每個人膝蓋也都跟別人頂在一塊兒——我自己就頂著辛姆森．卡佐維爾的腿，這實在稀鬆平常。我們唱著愚蠢的讚美歌及青年活動主題曲。你們都知道的，就是那些名曲，像是她每晚操到腿軟，牙齒掉到茶杯裡……」有幾名女性開始熱絡地唱和，他冷眼看著她們。「喂，靈媒啊。」他連正眼都不瞧人家一眼。「你能幫我跟當年的自己牽上線嗎？」

「不行，我只能在村中的俱樂部執業，而且我只能跟死人溝通。」

「那應該就沒問題了。跟各位報告一下，我壓根兒不想去那個營隊。我從未離家超過一星期，我從未離開過他們那麼久。也從來沒有這種機會。當時出國並不常見，我們這種人自然更不可能。海外對我們來說純粹只有被趕盡殺絕的目的。我們也不會在以色列境內旅遊——有哪裡能去呢？又有誰能拜訪呢？我們就母—父—子三人而已，而且我要老實說，當天早上我們站在卡車旁時，我有點不好的預感。我也不曉得，整件事情感覺就是不對勁，我彷彿有某種第六感，也可能或許我只是害怕，我不知道，害怕讓他們倆獨處……」

36 集結點（Umschlagplatz），納粹為了運送前往集中營的猶太人，在波蘭占領區設立於車站旁的中繼站。

他跟著他們學校的人去貝爾歐拉，我則是跟著自己的學校一起去。我們本來不應該在同一個訓練營的。他的學校原本是安排去別處基地（可能是斯代博克[37]吧，我在想），不過主辦單位改變主意，結果我們不僅進了同一個營地，甚至編進了同一排同一個營帳。

「於是我跟我爸說我身體不舒服，要他帶我回家，結果他說：你死也別想。我發誓他是那樣說的，結果我心裡愈發不舒服，開始掉眼淚，好想地上開個大洞把我吞進去……」

「我是說啊，現在想起來，我會在眾人前面哭實在很怪。你們想嘛：當時我快十四歲了，整個人就是遜咖，而我爸卻氣得臉紅脖子粗。他開始生我們的氣，因為我媽看我哭自己也哭了起來；她老是那樣，只要看到有人哭，她就會跟著哭下去。他很討厭看她掉眼淚，每次這樣他都會鼻塞眼紅，他這個人情緒很容易激動，尤其是對她，這一點毋庸置疑，他是真心愛她的，那個傢伙，就像人們說的一樣，他用自己的方式，但他是愛她的，這一點我承認，可能就像松鼠或耗子找到了漂亮的玻璃碎片或彩色彈珠，而變得目不轉睛……」他微微一笑。「還記得以前那種很厲害的彈珠嗎？有的裡頭還有蝴蝶，記得嗎？我媽就是像那樣的彈珠。」

觀眾裡有一些人記得，我也記得，另外還有一位灰白短髮的高大女性也記得。我們都差不多年紀。有觀眾喊出其他種彈珠的名字：有貓眼、瑪瑙、油彩。我也貢獻了

---

37 斯代博克（Sde Boker），位於以色列南部內蓋夫沙漠的合作農場。

一個——意思是我在綠色餐巾紙上畫了出來，裡頭有花朵的荷蘭彈珠。我們講得興起，年輕的觀眾卻吃吃竊笑。多瓦萊赫站在那兒笑得開心，浸淫在這由衷溫馨的時刻。然後他朝我這兒彈來一顆不存在的彈珠，臉上的溫柔和煦教我摸不著頭路。

「那感覺不大真實，我跟你們說。因為至少看起來，對他而言，我媽簡直是天上掉下來的禮物。她是一件交到他手上保管的寶物，但託付的人同時也說：老兄，小心點——你只是保管者，懂吧？你不能真的跟她在一起，所以別輕舉妄動。你們知道聖經是怎麼說的——喔，對了，內坦亞的朋友們，聖經超棒的！內容好精采！我要比個大拇指給它讚。要不是我這個人克己復禮，不然我就會說它是書中之書，萬卷之首了。而且裡面好多色色的地方！總之呢，聖經一開始便進入正題：『那人和他妻子夏娃同房』，沒錯吧？」有幾個聲音回答：「沒錯。」「那就好，亞當先生，幹得好，你真是頭種馬。只不過請注意聖經裡頭是怎麼描述的。上頭只說你做了，可沒說你真的瞭解對方，對吧？女士們，我沒說錯吧？」女性觀眾群起歡呼，她們散發出一股溫暖，飄過去包圍住他，彷彿一道靈光附身。他咧嘴一笑，對她們全體一眨眼，然而我卻感覺她們每個人感受到的眼神略有不同。

「他就是不瞭解。我爸不懂這名成天不開口的美麗女子，她只會關起門坐在那兒看書，不對他提出任何要求，什麼都不要，他的欺瞞對她毫無影響。不知道他怎麼辦到的，但他把理髮店後頭的倉庫租給了一個四口之家，一個月收人家二百五十塊——噹啷！他拿錢去買了一箱從馬賽搭漁船來的天鵝絨褲，每一件拉鍊都不大靈光，這箱東西把我們公寓熏臭了整整兩年。哈利路亞！她每晚都會陪他坐在餐桌旁，年復一年這樣的狀況繼續下去，她整整比他高了一個頭，坐在那兒就像尊雕像一樣——」他伸直雙手，看似乖巧順從的學生，或準備讓人戴上手銬的囚犯——「他會打開帳本，上頭寫滿像蒼蠅屎般的數字，旁邊記著他幫顧客和供應商取的化名，有做生意老實的，也有占他便宜的。名字有法老、索斯諾維茨[38]甜心、莎拉．伯恩哈特[39]、大力士布雷巴特[40]、戈培爾、叛徒盧姆考斯基[41]、梅爾．維爾納[42]、本—古里安[43]……他會越算越興奮，

38 索斯諾維茨（Sosnowiec），波蘭南部的工業城市。
39 莎拉．伯恩哈特（Sarah Bernhardt, 1844~1923），法國舞臺劇和電影女演員，知名度堪稱當時最高。
40 布雷巴特（Zishe Breitbart, 1883~1925），馬戲團表演者，以強壯著稱。
41 盧姆考斯基（Rumkowski, 1877~1944），波蘭籍猶太裔商人，二戰期間與納粹德國合作，擔任猶太人評議會的主席。
42 梅爾．維爾納（Meir Vilner, 1918~2003），以色列共黨領導人。
43 本—古里安（David Ben-Gurion, 1886~1973），以色列第一任總理。

你們真該親眼見識他那模樣，滿臉通紅全身大汗，手指邊算邊點，而這一切只是為了向她證明——但她根本沒吵過這件事、也沒聽進他說的任何一句話——再過多少年多少月他就會賺夠錢，我們便能搬進摩西鎮[44]有陽臺的雙臥房公寓了。

他抬起頭看著觀眾，片刻彷彿忘了自己身在何處，但他很快回復神智，笑了下聳肩表示歉意。

「搭了卡車十個小時後，我們來到荒郊野外，可能是在內蓋夫[45]或者是阿拉伯谷[46]也說不一定。總之在伊拉特附近。我看看……我努力跟以前的自己通靈一下……」他翻起白眼仰起頭，開始咕噥著說：「我看看……棕紅色的山脈、沙漠、營帳，還有軍官的營舍，餐廳，旗杆上掛著破掉的以色列國旗，還有一灘柴油，快要斷氣的發電機，以及從前成人禮會用的餐盒，我們會用骯髒的海綿在水龍頭下以冷水沖洗，這樣油漬根本都洗不掉……」

觀眾如今被他收服了，熟悉的情景讓他們聽得聚精會神。我們總共在那裡待了四天，多瓦萊赫和我分在同一排，我們大多睡在同一個帳篷裡，同桌用餐。然而我們連一句話都沒說上。

「這座營地的輔導員，或說教育班長，我猜是叫這個名字，每個人都有其獨一無二的缺陷。他們每個人都像真實人物的粗略草稿。真正的軍隊不要他們，只好來加德納營區當一群小朋友的保姆。有個鬥雞眼到看不見自己眼前一吋外的事物，還有一個扁平足，也有個傢伙來自霍隆[47]。相信我，十個裡頭勉強只能拼湊出一個正常人來。

「親愛的，」他歎了口氣轉身對著靈媒女子說：「你真是掃興。瞧，大夥兒都在笑哪！你覺得我的笑話不好笑嗎？」

「不好笑。」

「什麼?!全部都不好笑？」

「你的笑話很糟糕。」她雙眼盯著桌面，手指緊掐皮包的肩帶。

「糟糕的意思是不好笑？」他親切地問道。「還是說，惡劣的糟糕？」

她沒馬上回話。「都有。」好一會兒後她這樣說。

「所以我的笑話不好笑，還很惡劣。」

---

44 摩西鎮（Kiryat Moshe），耶路撒冷建立於一九二〇年代的花園郊區。
45 內蓋夫（Negev），以色列南部的沙漠地帶。
46 阿拉伯谷（Aravah），以色列和約旦之間的谷地，北接死海，谷地氣候全年炎熱乾燥，人煙稀少。
47 霍隆（Holon），以色列第二大工業城市，距離特拉維夫六公里。

她又想了一下子。「對。」

「可是單人喜劇就是這樣啊。」

「那麼就是它不對。」

他困惑地瞪著她看。「那你為什麼要來？」

「因為俱樂部的人說單口表演，我還以為是唱卡拉OK。」

兩人若無旁人似地對話。

「這樣啊，這下你知道是怎麼一回事，可以離開了。」

「我想留下來。」

「為什麼啊？你又玩得不開心。你在這裡愁眉苦臉的。」

「沒錯。」她臉色一沉。她心裡在想什麼臉上即刻顯現出來。事實上我今晚看她的時間跟看他一樣多。我這下子才突然發覺：我的目光一直在兩人之間來回，由她的反應來評斷他。

「拜託請你走，接下來你只會更難熬。」

「我不想走。」她噘起嘴唇時，誇張的紅色唇膏使她看來像是悲傷的矮子小丑。

多瓦萊赫吸了下凹陷的兩頰，雙眼也似乎貼得更近了點。「好吧。」他喃喃地說。

「不過我得警告你，親愛的，待會兒別來找我哭。」

她摸不著頭緒盯著他看，然後又縮了回去。

「內坦亞的朋友，請鼓掌！」他朝著她的方向大吼。「於是呢，十小時後我們到達目的地，我們被安置在營帳裡，那種帳篷很大，每座可容納十到二十個人，也可能沒那麼多？我不記得了，我不可能記得的，我現在什麼都記不住了，別相信我說的任何話，我是認真的，我腦袋跟篩子一樣健忘，我說真的，我的孩子還記得自己有爸爸會來看我時，我都會說：停！先別著急，把名牌掛上去再說！」

笑聲零落。

「在貝爾歐拉那裡，他們教導我們所有驕傲的希伯來男孩理應知曉的一切：爬牆術，以防我們又得逃出隔坨區[48]；逃走術，可運用於排水管；迅速撲倒、爬行並開槍之術，這一招我們管它叫做帕笥茲塔，可攻其不備，迷惑納粹。他們還會要們我從塔上往下跳到帆布上——記得嗎？也有像蜥蜴一樣走繩索，日行軍與夜行軍，以及在駭人酷熱下流著大汗跑營區，還有拿捷克毛瑟步槍打靶，五發子彈就覺得自己像詹姆士．

48 隔坨區（Ghetto），中世紀至近代在歐洲和中東地區，在城市中因社經政治等因素被劃分出來作為猶太人居住的地區。

龐德，而我呢——」他一臉黃花大閨女的神情眨著眼皮——「打靶讓人家覺得跟媽咪很親近，稍稍有種回家的感覺，因為我媽——我說過了嗎？沒有？我媽在 Taas 工作。沒錯，就是位於耶路撒冷的以色列軍事工業公司[49]。我可愛的媽咪負責分排子彈，一週六班。那是老爸幫她找的工作，有人可能欠他人情，所以不看她的背景還是給她工作。說實在的，我真不曉得我爸腦子裡裝了什麼。他到底在想什麼？每天九小時，她都得碰子彈：噠噠噠噠噠！」他作勢拿著一把衝鋒槍，槍口對著四面八方發射，嘶喊著：「貝爾歐拉，我來了！想想打飯班！大鍋！疥癬！大家像小約伯[50]一樣渾身抓癢！還有廚師害大家肚子拉不停，因為他榮獲米其林痢疾三星肯定……」

他已經好幾分鐘沒和我對看了。

「到了晚上會有派對、營火、帶動唱，滅火還是古老的方法呢——他們唯一讓我用到老二的場合是拿來澆螢火蟲——那真是歡樂哪，少男少女，陰與陽，一齊舞著波蘭勇士舞，我玩得可起勁兒了，你們一定不會相信。我是排上的開心果，他們會跟著我笑，注意力都放在我身上，圍著圈開心地把我丟來丟去，因為我個子小，體重輕，而且我是裡頭年紀最小的，我跳升了一個年級，不過那沒什麼，不是因為我最聰明，而是因為受不了我就把我踢上去。所以了，在加德納我變成他們的吉祥物，帶來好運的多瓦萊赫。每次出操或打靶前，大家都會來找我，朝我頭頂輕輕拍一下，但那沒惡意啦，算好事啦。小不點，他們是這樣叫我的。那是我第一次有個像樣的綽號。總比靴子男或瘦皮猴好多了。」

49 以色列軍事工業公司（Israel Military Industries），以色列的國防武器製造商。
50 約伯（Job），《舊約聖經．約伯記》中堅忍接受上帝試煉的人物。

我就是這時碰到他的。我抵達營地後去帳篷放行李，看到三名壯碩的孩子來回丟著一個大型軍用包，裡頭有個男孩像動物一樣尖叫著。我不認識那三個人，我們學校只有我分發到那座營帳。我猜分班的加德納老師覺得不管把我分到哪裡，我一定都格格不入吧。我還記得自己站在帳篷入口，一動也不敢動。那三個孩子穿著汗衫，二頭肌汗水淋漓。軍用包裡的男孩這會兒不叫了，開始哭了起來。他們不發一語冷笑著，繼續拿他丟著玩。

我把背包放在入口看來沒人占用的床上，然後背對著正在進行中的一切。我不敢插手，但我也不能離開營帳。突然我聽到砰的好大一聲，嚇了一跳。他們一定是有人失手將袋子丟在水泥地上了。軍用包馬上打開，冒出一頭黑色的鬈髮來。我當場便認出他來。那群孩子可能看到我臉上的表情，因為他們開始竊笑。多瓦萊赫順著他們的目光看著我。他滿臉淚水縱橫。這次再會的情景超乎我們的理解，某方面說來也非我們所能掌控。我們沒顯露彼此相識的神情。即使在底片般地回憶裡，我們行動依然默契一致。他的尖叫在我喉嚨中凝結，至少那是我當下的感受。我抬起頭望向別處，然後走出帳篷，耳裡依然縈繞著他們刺耳的笑。

「那兒都是少男少女，荷爾蒙正盛，青春尚未拆封，彷彿聽得到擠青春痘的劈啪聲。說真的，那方面我還很青澀，我也才剛開始自我探索，看些雜誌或圖片之類的，但說到重頭戲，我真的只是個觀察員，但我愛死觀察了！我就是從那會兒開始搭建起一座持續了一輩子的觀測塔。」

他微笑著。觀眾也對著他笑。他究竟想跟他們講什麼？他究竟覺得自己在幹嘛？

那次遭遇後不久，我又在餐廳裡碰見他。由於我們住同一座帳篷，因此用餐也排在同桌，不過幸好分別坐在兩頭。我將餐盤裝滿食物，眼睛不敢亂飄，但我無法不看見他的同學將一整個鹽罐倒進他的湯碗裡。他一臉開心地喝起湯來，還大聲發出吸湯的聲音，惹得他們捧腹大笑。有人掀起他頭上的棒球帽，沿著桌子來回傳接，有時候還會掉進不知道裝了什麼的碗裡，最後才又回到他頭上，汁液留得他滿臉都是。他伸出舌頭舔掉滴下來的東西。在那不斷的戳打及鬼臉當中，我們偶爾四目交會，雖然眼神冷漠空洞。

吃完飯後他們塞了半根香蕉在他嘴裡，他就搔著自己肋骨發出猴崽的叫聲，直到排長命令他閉嘴坐下。

夜裡熄燈後大家躺在床上，帳篷裡的男孩子會要他敘述自己的夢，對像是班上一名發育特別良好的女孩。他聽話照做。他用了一些我不敢相信他居然知道的字眼。但那是他的聲音沒錯，是他抑揚頓挫的語調，也是他豐富的想像力。我一動也不動地躺在那兒，幾乎不敢呼吸，我很清楚這帳篷裡要不是有他，被他們盯上的就會是我。

他班上一名男孩突然跑到兩排床中間，模仿起多瓦萊赫的父親，接著另一個爬起來假裝是他母親。我拉起軍毯蓋住自己的頭。男孩們都笑了，多瓦萊赫也跟著笑。他還沒變聲，混在一群人低沉的嗓音裡顯得異樣清新。有人說：「要是我跟格林斯坦一起走在迪岑哥夫[51]大道上，別人還會以為我跟女生在一起呢！」營帳裡傳出哄堂大笑。

第二晚過後，我求老師讓我換床位。第三晚我就睡在不同營帳的床上，離他遠遠的，但那股震撼未消。第四晚我分到跟同班的女生站哨，我就不再想起多瓦萊赫了。

他說得沒錯：是我疏遠了他。

51 迪岑哥夫（Dizengoff），特拉維夫中部的繁華大街。

「到了夜裡所有人都暗地裡穿梭於營帳之間，啊嗚聲此起彼落，不然就是手給我安分點，白癡，還有拜託好啦。也有好噁，你伸什麼舌頭？還有你手伸過來摸摸看，以及我今天真的真的不行，和我媽會殺了我的，還有你究竟是怎樣解開扣環的，以及唉唷，那是什麼玩意兒，你那是什麼東西噴到我了，還有賤人，你拉鍊拉到我那話兒了啦……」

他讓觀眾如波浪般笑得東倒西歪。他依然迴避我的眼神。我在等著。我準備好了。過沒兩分鐘他便會笑盈盈轉向我：真巧！這世界真小！阿維夏．拉札爾法官大人也在那裡呢！

第二天早上，我從靶場被長官命令回營帳拿我落下的水壺。我還記得突然能夠獨處有多開心，偷得半日閒不必聽那無處可躲的嘈雜、咆哮和命令，更棒的是我終於能鬆一口氣，不必再看到他，忍受他的存在所帶來的煎熬。空氣頓時顯得清新，到處都有種舒爽的氣氛。（現在寫作的當下，我彷彿又聞到早晨梳洗的肥皂水味，形成小水窪聚積在棚內的水泥地板上。）

我坐在自己床上。帳篷入口敞開，我可以靜靜眺望著沙漠，那美麗令我震懾，對我來說也是種心靈的撫慰。我努力讓腦袋放空。就在那個時候，或許正因為我鬆懈了下來，我開始覺得自己喉嚨深處升起一股我未曾嘗過的哭意。那是一種悲傷、一種強大的失落，我知道自己快要失控不能自已了。

說時遲那時快，多瓦萊赫走了進來。看見我時他愣住了。他遲疑了一會兒，幾乎有點踉蹌地走到自己床邊，拿起背包開始翻找。我人趴在自己的背包上，將整顆頭埋了進去。痛哭馬上就乾涸了。過了一兩分鐘後，我沒聽到半點聲音，正以為他走了的時候，我抬起頭來。他就站在自己的床邊，面對著我，手臂垂在身旁。我們四目相交，眼神陰鬱而遲鈍。他動著嘴唇，或許是想說點什麼。或許他是很努力地想要微笑，好讓我記起他，記起以前的我們。我的反應想必透露出警告，或者反感，甚至是嫌惡的訊息。他的臉開始扭曲抽搐。

事情就這樣子了。我再抬起頭時，只見他已走出帳篷離去。

「然後，到了第三天，」他大聲說道：「也可能是第四天，誰記得呢？到底有誰能記得任何事情？我的記憶，那幸福的記憶……總之，我們圍著圈坐在地上，頭上太陽毒辣得很。放眼望去唯一的陰影，只有天上等著我們倒下時進攻的禿鷲。鬥雞眼的教官正在介紹偽裝之類的東西，這時突然有名女士官從營區指揮官的營舍跑了出來，我想她應該是一名中士，砰砰砰地朝我們快速跑來，她身形雖小，分量卻很可觀，你們聽得懂我的意思吧，全身上下的肉都快從制服裡迸了出來，兩條腿有如小鹿般，只不過是一條腿等於整隻鹿——嘿嘿——沒一下子她就跑到我們這裡來，實習班長都還來不及喊『立正！』，她便上氣不接下氣地喊道：『格林斯坦，多瓦萊赫！他是這一排的嗎？』」

我記得這場景。記得的不是女士官本人，而是她厲聲喊他名字的模樣，當時正做著白日夢的我被她給嚇醒了。突如其來聽到他的名字，我差點沒驚慌地跳起來喊有。

「就在當下，我可以感覺到有什麼壞事發生了。我們班上所有的人，我的好朋友們，他們都指著我大喊：『就是他！』彷彿是在跟她說：『那一個！抓他走，別抓我！』有這樣的朋友很棒……對吧？」他笑著說道，眼神卻迴避著我。「納粹要挑人時他們這樣可就不夠意思了，對吧？好啦，女士官接著說道：『立刻跟我去見指揮官。』我嘴巴吐出閹人般的嗓音：『可是長官大人，我犯了什麼錯？』我的朋友們被這逗得樂極了：『可是長官大人，我犯了什麼錯？』他們齊聲模仿我。然後他們開始大聲問道：『你要申誡他打手槍嗎？還是罰他搞臭整座帳篷？』他們以各種虛假的指控出賣我，然後開始高喊：『把橡皮擦抓去關禁閉！把橡皮擦抓去關禁閉！』沒錯，橡皮擦也是我的綽號之一。你問為什麼？幸好你問了！因為那時候我臉上有雀斑，現在沒有，斑都淡掉了，不過當時滿臉都是——對，你說得沒錯，有人被屎沾到了，十九桌，感謝你充滿創意的解釋。」

他慢慢轉頭看著那名吐槽者，這是他慣常的伎倆，然後面無表情地盯著他。俱樂部經理把聚光燈打在一名剃光頭、身著黃外套的大隻佬身上。多瓦萊赫盯著他不放，眼睛瞇成一條線。觀眾哄堂大笑。

「好啊，晚安哪，身穿檸檬蛋白霜的東尼．索波諾[52]老大！」他故作親暱地說道。

「歡迎光臨寒舍，希望你水晶之夜[53]快樂。我知道你還沒吃藥，算我走運啦，你居然選擇今晚出來放風哪！」那名男子的老婆笑著拍他的背，他氣呼呼地甩掉她好意安慰的手。「老兄，沒事的啦，我們只是逗著你玩的啦。約阿夫，請給這位先生上杯伏特加，算我的，別忘了丟幾顆贊安諾和利他能[54]進去……不，不，老兄，你沒事的啦，今晚結束時你會獲頒蓋達組織EQ獎。兄弟，我沒在笑你，我是在逗你笑，好嗎？你就想嘛，那個沾到屎的笑話我已經聽過不下上千次了。我們班上有個小子，你跟他一定很合得來，他就跟你一樣——你們簡直長得一模一樣。」他伸手遮住嘴巴，悄悄地對我們說：「我有沒有說得夠小心翼翼不著痕跡呀——開玩笑的啦，別激動！說好玩的嘛！那小子每次看到我，連續八年的時間，每次只要看到我，他都會問我想不想要來個橡皮擦去除雀斑。我就這樣被安上橡皮擦這個外號囉。今晚不會剛好有我以前的同學在場吧？沒有嗎？所以我可以繼續安心撒謊囉？太讚了！總之呢，我起身拍掉屁股上的沙子——對了，最早的沙漠風暴行動就是這樣展開的——我離開自己的哥兒們跟她走，我知道終於來啦，我完蛋了。當下我有種感覺，我不會再回來了。這一切對我來說都結束了。我是指我的童年。」

他拿起隨身壺喝了一口。那微弱卻惱人的喉嚨搏動聲迴盪在整個會場裡。觀眾還耐心等著想看今晚的表演會如何開展，但他的信用越來越薄弱。我可以感覺到觀眾的反應，一如我體內的血糖一樣，正在快速下降中。這下我想起來了：在他起立回應那名士官之前，他眼神轉過來向我求助。我迴避了他的眼神。

「說到童年這回事，」他喃喃說著：「我是在想啦，你們也知道如今大家都對霸凌這件事感到義憤填膺。這個嘛，有些孩子就是活該被欺負啊。因為要是他們年輕時不被教訓過，等到年紀大了情況只會更糟，你們懂我的意思吧？

「不好笑嗎？哦，我懂了。你們這群觀眾不簡單，有歐洲水準。好，沒問題，我們換個方式說，我想這樣可能比較合你們的胃口。這邊有個算是心理分析加上情緒覺察的東西。我呢，本人小時候有種十分準確的科學測量法，可以看出誰有人緣誰沒人緣。我管這種方法叫鞋帶評量法。請容我解釋給各位聽。假設有一群小孩放學後走路回家，一路上邊走邊聊吵吵鬧鬧。你們懂的——就是孩子嘛。其中一人突然蹲下去綁

52東尼．索波諾（Tony Soprano），美國電視影集《黑道家族》（The Soranos）的主人翁。

53水晶之夜（Kristalnacht），一九三八年十一月九日至十日凌晨，納粹黨員與黨衛隊襲擊德國全境猶太人的事件，日後被認為是計畫性屠殺猶太人的濫觴。

54贊安諾（Xanax），鎮定劑。利他能（Ritalin），興奮劑。

鞋帶。這時候，要是整群人馬上停下腳步——我是說每個成員，甚至包括那些看著別的地方沒看到他蹲下來的人——要是他們全都停下來等他，那他就沒問題，他人緣很好。但假如都沒有人注意到他，一直到高三快結束，比方畢業典禮時，會有人問道：嘿，有人知道那個停下來綁鞋帶的人怎麼了嗎？嗯，這下你們知道那個人——他就是我了。」

那名嬌小的女子全身撐在椅子邊上，嘴巴微張，雙腳緊貼在一塊兒。他拿起隨身壺喝了一口瞄了她一眼，然後轉頭與我四目交會，深深地看了一眼。這是他開始說起這則故事後，第一次正眼看我，我有種奇特的感受，彷彿他從那名女子身上擷取了餘燼，傳到了我手上。

「長話短說，我跟在那名女士官後頭，腦海裡想著他們可能是要懲罰我——不過我能犯什麼錯？是我耶？整班最笨、最呆、最遜的那個我？況且還是個好孩子……」他朝那名嬌小的女子眨了個眼，然後馬上望向我。「慢著，法官大人，現在還有這說法嗎？還有人這樣說嗎，『遜咖』？這該不會是老古董了吧？」

不管他語氣或眼神中都感受不到惡意，我有點迷糊了。我向他保證這個詞彙還有人在使用。他默默地自己唸了好幾次，我也不由自主跟著他唸了起來。

「不是那個的話，就是與我父親有關。他這個人意見很多，他說不定突然覺得他沒辦法接受我上加德納營受訓，這是對他個人尊嚴的侮辱，也可能他發現加德納跟工黨有掛勾，而他是貝塔派[55]的，但最有可能的是他發現了我藏在房間窗簾後面的色情雜誌，非得找我去問話不可。什麼情況都有可能，你永遠不知道他下一拳會從哪裡揍過來。」

他站在舞臺邊，十分靠近第一排座位，雙手夾在胳肢窩底下。有些觀眾抬起頭望著他，其他人則是眼神迷濛癱坐著，感覺他們已經放棄想搞懂他在幹嘛，同時卻又無法移開目光。

「此時我才發覺她是在對我說話，那名中士。她走得很快，說我得馬上回家去，已經來不及了，我得在四點前抵達葬禮現場。她連頭都不回，彷彿她——我也不知道——害怕看我的臉，大家也別忘了，在我眼睛正前方就是她一對屁股，看起來還著實挺可觀的。說老實話，講到臀部基本上是會讓人興奮的。兄弟，說真格的，請把手放在左胸前發誓——十三桌，我說的是左胸！這件事我保證不說出去，你們有見過滿

55貝塔派（Betar，或作Beitar），是加博亭斯基成立於一九二三年的猶太復國主義修正派青年運動。

意自己臀部的女人嗎？只要一個就好？」

他繼續說下去。我看見他的嘴唇不停地動。他張手舞爪，他咧嘴而笑。我腦子裡開始瀰漫著一股乳白色的迷霧。

「你們也知道，女人會站在鏡子前面，從這邊看完換另一邊看——對了，女人說到自己的臀部時，她們頭部簡直能輕鬆旋轉三百六十度也沒問題！這是有科學根據的！整個自然界裡只有另外兩種東西能這樣旋轉：向日葵和曲軸。然後她像這樣轉身……」

他示範她的動作，差點沒整個人跌到桌子上。我轉頭一望，看見許多張嘴洞開。有如小小的出水口張得大大地開始笑。

「她睜大眼睛……仔細審視……而且別忘了她腦子裡還內建程式，叫Google Ass，會隨時比對自己現在跟十七歲時臀部的大小。她臉色逐漸轉變，那是一種只有在這情況底下才會出現的表情，拉丁文裡叫做特有種臉，英文裡就叫：屎臉。此時，她會像希臘悲劇裡的王后一樣鄭重宣布：『完了。開始往下墜了。不！』情況比這還糟！已經整個垮下來了。你們懂吧？她口氣開始像是自己屁股的社工輔導人員！彷彿屁股不僅有自己的意志還有預謀，開始要脫離社會往下沉淪，背棄整個人類文明，變成邊緣的偏激屁股。再沒多久你就會發現它躲在巷子裡開槍做壞事了。而各位男性朋友，要是你此刻正好與她同處一室，最好的應對之道就是閉緊嘴巴。什麼話都別說！你所說的一切都將作為呈堂證供。要是你說她講得太誇張了，其實很可愛很有魅力而且感覺很好捏很好摸——你就完了：你要不是眼睛瞎了，就是講話不實在，你是白癡，你一點都不懂女人。從另外一方面來說，假如你說她是對的——那你就完蛋了。」

他講得氣喘吁吁。這個段子結束了。誰曉得他之前講過多少次。他的聲音已經無法再撐起每個字——有些音節他都講得含糊不清。觀眾笑了。然而我依然希望是自己聽錯了，是我漏聽了些什麼，有什麼笑話我沒注意到。可是我轉頭望向那名嬌小的靈媒女子時，卻見著她的表情扭曲。我就知道。

「說到哪兒了？各位真是很棒的觀眾！說真的，我好想帶你們一起回家。好，大屁股就走在我前面，她在前我在後，因此我完全猜不出來她想幹嘛，她口中的葬禮是怎麼一回事。況且我之前從來沒參加過葬禮，根本沒有這種機會。正如各位所知，我們剛剛說過了，我的家庭成員很少，就是媽媽爸爸小孩，我們從沒經歷過葬禮，沒有任何過世的親戚——只有他和她。慢著，說到這我想起來了。因為我們講到親戚這檔事，我這星期剛好在報紙上讀到，科學家發現跟人類基因最接近的生物，其實是一種超級原始的盲蟲。我發誓是真的！這種蟲跟我們，就像是這樣子！不過我開始覺得，或許我們是家族裡的害群之馬，因為不然你說嘛，為什麼他們從來不曾邀請我們參加宴會？」他又使出了一記左勾拳。會場籠罩在一片厚重的沉默之中。我相信他剛說的話已經開始產生作用了。

「好，我懂，我瞭了。重新計算路線。說到哪兒了？母—父—子。沒有其他家人。沒有親戚。這都說過了。就像百慕達三角一樣平和安靜。是啦，是有些什麼有的沒的，但當時在那年紀你根本不會多想，不過我的確隱約有點感覺，我爸不是年輕小夥子了，事實上他是我們班上同學的爸爸裡年紀最大的，我知道他有高血糖，心臟和腎也有問題，得吃藥才行，而且我也知道，這個啊，事實上我看得出來，大家都看得出來，他的血壓過高，因此他時常處於……這要怎麼說……阿爾奇．邦克與伊迪絲[56]鬥嘴的狀態。而我媽也一樣，雖然她比他年輕多了，但她身上也帶著各種過去的包袱。我是說，她被關在狹小的火車車廂裡將近六個月，那地方就像一般人存放油漆和油脂的小櫥櫃，站也不是坐也不是，還真是過得很開心哪，而且除此之外，她手腕上，兩隻手腕都有——」他舉起孱弱的前臂——「有著精細的縫線，那簡直是精工巧妙的血管刺繡，是比克．科林醫院[57]裡針線功夫最頂級的高手幫她繡的。說起來真有意思，我們倆在我出生後都得了產後憂鬱症，只是我這症頭持續了五十七年。不過除了這些小問題，我相信每個家庭都有這些問題，我們一家三口過得還不賴，因此那葬禮啥的到底是怎麼一回事？」

過去幾分鐘內愈發喘不過氣的觀眾，如今全然靜止不動了。他們臉上毫無表情，不敢顯露真實反應。或許我從臺上看起來也是這副德性吧。

「我們說到哪兒了？不要，別跟我說！我要自己想起來！你們知道在我這年紀，遺忘的相反是什麼嗎？」

有幾個人發出微弱的聲音，「記憶？」

「不對：是紀錄。好，所以我們講到了士兵、軍官、屁股、火車、刺繡……好，我就在跟在她背後，慢慢地走路，愈走愈慢，心裡納悶著這會是什麼事，一定是搞錯了，他們怎會要我去葬禮報到？幹嘛不挑別人？」

他講得很快，壓抑住快要爆發的情緒。他雙手緊夾在胳肢窩底下，整個人看似微

56 阿爾奇・邦克（Archie Bunker）與伊迪絲・邦克（Edith Bunker），美國一九七〇年代電視劇《一家子》（All in the Family）裡的夫妻角色。

57 比克・科林醫院（Bikur Holim Hospital），一八二六年創立於耶路撒冷，為以色列境內歷史最悠久的綜合醫院。

微發抖。

「於是我邊走邊咀嚼這些思緒，腳步愈來愈慢，我就是不懂，怎麼想都不懂，說時遲那時快，我人一翻，開始頭下腳上走了起來。我走在她背後，地上的沙子熱得要命，我手都快被燙傷了，但沒關係，燙是好的，燙就不必思考，東西不斷從我口袋裡掉出來，有零錢，有電話代幣，有口香糖，一些老爸在我上路前塞給我的東西。這不意外，他總是那樣，尤其是在打過我之後，沒關係。我走得很快，甚至是用跑的——」他高舉雙手過頭，作勢在走路的樣子，我可以看見兩隻手搖搖晃晃、手指不住顫抖的模樣——「我頭下腳上時誰找得到我？別人要怎樣抓住我？」

一片死寂。觀眾們似乎正努力著想要搞清楚——是怎樣巧妙的戲法，透過何等的騙術或魔術——讓他們霎時間突然從之前那裡，一下子被帶進新的故事裡來。

我也有同感。彷彿腳底下突然空了，整個地面都不見了一樣。

「而那個女孩，那名女士官，她頓然發覺事情不對，或許是看見了地上出現我倒立的影子，她馬上轉過身來，我見著她影子繞了一圈。『你腦袋是壞掉了嗎？』她對著我怒吼，但聲音盡量壓低。『受訓生，馬上立正站好！你是瘋了嗎？這種時候還鬧著玩？』而我怎麼做呢？我只管跑到她身邊，一下子在她面前，一下子在她背後，我手被刺、石子、砂礫扎得好痛，但我就是沒倒轉起身。她能拿我怎麼辦？我那種狀態底下你也不能對我怎樣，況且那樣子我也無法思考，整個頭都充血，耳朵也堵住了，沒有腦子，想不到別人，想不到搞什麼鬼她怎麼不能對我大吼大叫，想不到她說『這種時候』是什麼意思？」

他慢慢地走，雙手依然高舉半空中，一步接著一步又一步，舌尖從嘴唇裡冒了出來。他被自己背後那只大銅甕給困住了，整個人被甕的弧度給卡住，他糾纏了一會兒後才脫身。

「順道一提，就算頭上腳下我還是看得見我的夥伴們，他們還是坐在原本的地方，聽著教官講課，學習偽裝的知識，這種技巧在人生裡很有用，但他們連頭也不回，不想看我到底是怎麼一回事——還記得鞋帶評量法嗎？我看著他們離得愈來愈遠，而我明白走遠的其實是我自己，不過最重要的是：我和他們之間分隔已遠。」

莉歐拉是前一天晚上跟我一起站北哨的同班女生，我一心仰慕她已將近兩年，卻從沒膽子開口跟她說話。多瓦萊赫曉得我鍾情於她，全世界我只跟他提起過她。也只有他懂得問我關於她的事，並且以蘇格拉底般尖銳的問題，真的從我身上挖出來我愛她這件事。為什麼我在她面前便痛苦煎熬——這份感情也讓我變得愈發沉鬱易怒——原來這就是愛。那天晚上我們一起站哨時，我在凌晨三點吻了莉歐拉。那是我第一次觸碰女孩子的身體。我多年來的寂寞終於告結，甚至可說，我展開了新的人生。

而他就陪在我身邊。我的意思是，我以跟他說話的方式來跟她說話，那是我們透過對講機講話時他教會我的，而我學得好極了。我們一到了崗哨，我便問起她父母的事，像是他們在哪裡認識的，接著問她兩名兄弟的事。她毫無防備大吃一驚。我耐心地進攻，不折不撓且用盡心機，最後她開始跟我談起自己哥哥的事，他有自閉症，住在特殊機構裡，家裡的人幾乎從來不曾提起他。我是模範學生，這次相會我早已做好準備：我知道該怎麼發問，如何聆聽。莉歐拉邊說邊哭，一發不可收拾，這時我想辦法逗她，讓她破涕為笑，之後我便撫摸她的背順勢摟上去，用嘴唇吻去她的珠淚。當時的我有點虛情假意，直到今日我還是搞不懂自己怎會那樣，那似乎是種放諸四海皆準的策略。我覺得自己似乎是在模仿自己所認識的多瓦萊赫，以前那個可愛的多瓦萊赫。我從自己的內裡召喚出他來，只為了與莉歐拉共度的這一刻，讓他的話從我口中流洩而出。而我很理智地知道，在這之後我又會將他的存在全部抹去。

那天早上，當我們整排的人坐在沙地上、女士官來找他時，我人還在宿醉。醉在愛裡，還有一種自己終得救贖之感，以及失眠。我看見他起身跟女士官走，甚至沒懷疑過他要去哪裡。當時我一定又陷入對莉歐拉的遐想中，幻想她那柔軟得不可思議的唇、她的胸脯，以及她腋下一簇簇絨毛，一回過神抬起頭來，便看到他跟在女士官背後倒立走路了。我以前沒見過他這種行為，也從沒想過他居然辦得到。他走得快速輕巧，而且由於空氣中熱氣蒸騰，他的身軀彷彿激起一道道漣漪。那幅景象教人看得入迷。霎時間他看似自得自在，跳躍於空氣中彷彿地心引力也奈何不了他，他又變回了原本的自己。令我往昔對他的情感一湧而上，過去幾天的折磨煙消雲散。

但那只有一瞬間。

我無法忍受。我無法忍受他，忍受他的起起伏伏。那一刻我記得很清楚。然後我又再度陷入自己的陶醉幻想。

「於是我們繼續快步走，她姿態挺直而我正好相反，眼前閃過薊草、黃沙和標誌，最後來到鋪著白石通往指揮官營舍的小路，耳邊已經能聽到裡頭傳來咆哮：『你現在馬上帶他過去！』『我他媽的才跑那麼遠！』『你四點前帶他去葬禮，這是命令！』『我這星期已經來去耶路撒冷三趟了！』接著我聽到別人的聲音，我馬上認出他來：那是一位我們戲稱艾希曼[58]的士官——那個年代大家都用這個綽號來稱呼那些沒血沒淚的人——他也在大聲吼叫，而且比別人都喊得大聲：『他究竟人在哪裡？那個小孤兒在哪裡？』」

他不好意思地苦笑。雙臂垂在兩側。

我雙眼直盯著桌子，凝結在我自己手上。我不曉得這件事。

「我雙手突然一軟，整個人摔倒在地，頭直接著地。我躺在那裡不曉得過了多久。我終於奮力抬起頭時，發現周遭別無他人。你們能想像那場景吧？在下小弟我倒臥沙漠中，女士官不見蹤影，她跑走了，那豐滿的雙臀，猶如誡命坦克車的姑娘，我敢跟各位保證，她床頭貼的一定不是辛德勒的海報。」

我完全不曉得。我從沒想到這一點。我怎麼可能會知道？

「好啦，親愛的內坦亞民眾，繼續陪著我吧。我需要你們握住我的手。這時我面前出現一道木質階梯，通往司令官的營舍，我頭上頂著烈日與盤旋的老鷹，周遭則環繞著嗜血的阿拉伯七國，營舍裡的人抓狂似地吼叫爭吵：『我最遠只能載他到貝爾謝巴！那裡的司令部會有人接手帶他去耶路撒冷！』『好、好，混蛋，知道了啦，你就快帶他上路吧，沒時間吵這個了。去啊，還不快走！』」

觀眾在位子上坐直了，他們又開始小心翼翼地呼吸。故事如今激起他們的興趣，這都得歸功於敘事者重新找回的活力，以及他的表情動作、人物模仿與口音。

舞臺上的多瓦萊赫馬上感覺到這股新的活力，他面帶笑容環顧全場。每個笑容都催生了新的笑容，如肥皂泡般源源湧出。

「於是我從沙地上爬起來在一旁等候，此時門打開了，一雙紅色的鞋子踩著士官的腳步從階梯上走了下來，他開口說道：『小子，我們走吧。請節哀順變。』說完他伸出手來跟我握手。好嗯——教育班長在跟我握手！他吸了下鼻子，或許那是他默默表達悲傷／哀悼的方式：『魯卡瑪中士都跟你說過了對吧？小子抱歉了，我知道這很難過，尤其是在你這年紀。不過別擔心，一切包在我們身上，我們會準時將你送達，不過我們得馬上收拾東西出發才行。』

「他是那樣說的，而我呢——」他睜大眼睛，但兩眼無神彷彿玩偶一樣嚇人——

58 阿道夫．艾希曼（Adolf Eichmann, 1906~1962），俗稱「納粹劊子手」，也是在猶太人大屠殺中執行「最終解決方案」的主要負責者。

「我整個人愣住了，什麼都聽不進去，我只知道我沒有要接受懲罰，同時我也發覺眼前這位一點都不像過去一週每天找我們麻煩的混帳班長。不對，他現在彷彿慈父一樣：『小子跟我來吧，車子還在等我們。』那態度彷彿下一秒就會說出：『小子，感謝你選擇我們營區，我們曉得你大可選擇其他營區來喪親……』

「好，於是我們往前走，我拖著腳步走在他身長兩百公分的精實體幹後頭簡直就像一塊門墊，而且你們也曉得教育班長們走路的樣子，簡直跟生化人沒兩樣——頭挺直，雙腿外八大開，彷彿怕別人不曉得他們的下面跟馬鞭一樣可觀，同時握緊雙拳，每走一步胸肌便左右抖動。」他示範給觀眾看。「你們知道的，那些教育班長，他們不是在走路，他們是在演練行進動作，我沒說錯吧？現場有人當兵時是教育班長嗎？哇，真的假的！什麼單位？陸一旅葛拉尼[59]？等一下，我們這裡有傘兵嗎？讚哪！來吧，弟兄們，出來拚一下看誰厲害！」觀眾大笑。兩名遠遠對望的灰髮男子拿起酒杯互相致意。

「說到這裡，葛拉尼弟兄，你知道葛拉尼的士兵怎樣自殺嗎？」

那傢伙喊著回答：「從自尊心往下跳一頭撞智商！」

「長官答得好啊！」多瓦萊赫為他喝采。「那麼可以麻煩長官別跟我搶工作好嗎？

「總之呢，我們走到了營帳，教育班長站到一旁——彷彿是想給我一點隱私的樣子。我把老爹幫我準備的所有東西全塞進背包裡。假如你還沒聽出來的話，我雖有媽咪疼愛，同時卻也有個虎爸，而我爸幫我準備了最齊全的裝備，我根本可以直接上場參加恩德培行動。我媽也想幫我準備，況且我們之前也提過了，她有豐富的營隊經驗——只不過她參加的都是集中營就是了。總之呢，等到他們倆幫我打包好時，不管國際上或區域間發生什麼事態，我都能直接上場迎戰，就連應付小行星撞地球都沒問題。」

說到這裡他停了下來，彷彿腦海裡憶起什麼似地笑了，或許是想起父母幫自己打包行囊的畫面吧。此時他拍著大腿大笑。他笑了！這是發自內心的正常笑聲，不是表演出來的。也非那種尖酸刻薄自貶的嗤笑。就只是一個人在笑。有些人跟著他笑了出來，我也一樣——他對自己罕見的溫柔時刻，我怎能不參與其中？

「說真的，你們真該見識看看她和我爸的打包秀，那比任何獨角喜劇都來得精采。你會不由自主問自己：這兩個怪咖是誰，究竟是哪個天才發明他們的，我怎麼都找不

59 葛拉尼（Golani），以色列陸軍第一旅，成立於獨立戰爭期間。

到這麼聰明的人來幫我工作？此時你會突然領悟：哦，該死！他的確是幫我做事的沒錯呀！你們想像一下這個畫面：我爸跑進跑出，一下衝進來一下奔出去。他那副忙亂的模樣——你們知道那種只會飛直線的小蒼蠅吧？嗡嗡嗡！他持續從他們臥房拿出新的東西來，擺進袋子裡後整理一下，裝好後馬上又跑去拿新的東西來，毛巾、手電筒、餐具、嗡嗡嗡、餅乾、嗡嗡嗡、肉湯塊、急救霜、帽子、吸入器、爽身粉、襪子……全部塞進去後四四方方紮得緊緊的，他甚至都不瞧我一眼，我在他眼裡完全不存在，當下的世界是一場戰爭，他與背包的全面戰爭，牙膏、驅蟲劑，還有那個弄在鼻子上防曬傷的塑膠玩意兒，嗡嗡嗡，跑出去跑進來，他兩隻眼睛鬥得越來越近……

「我跟你們說，這種事情他簡直無敵：不管是組織、規劃，或是照料我。他是專家，樂在其中。你們曉得那壓力有多大嗎？想像一下，你不過三歲，你爸卻要你每天都走不同路線去幼稚園，只因為這樣才能擾亂敵人軍心？」

笑聲響起。

「我是認真的，我一年級時，他會在我的教室外頭質問其他小孩：這是你的書包嗎？你是自己打包的嗎？有沒有人交給你東西要你幫忙運送？」

哈哈大笑。

「接著我媽拿著羊毛大外套出現，我不曉得那件是誰的，衣服上都是樟腦丸的味道。媽，為什麼要帶外套？因為她聽說沙漠裡晚上會冷。他像這樣輕輕從她手上拿走外套，然後說了：Nu, Saraleh, yetz ist zimmer, di nar zitz unt kik，意思是『現在都夏天了，你就坐在旁邊看吧』。最好是她會坐在旁邊看！沒一會兒她又拿著靴子出現。為什麼啊？因為！因為要是你曾經赤腳在雪地裡走上五十公里路，你就不可能不穿靴子出門了。」他朝我們擺動自己腳上那雙可笑的靴子。「你們必須瞭解一件事，她這輩子從沒看過沙漠。她打從來到以色列之後，只曾離開家去上班，而且她走的路線跟咕咕鐘裡的布穀鳥一樣固定，唯一一次例外是她在里哈維亞60附近的社區上演了金髮姑娘葛蒂洛的戲碼，不過今天不講這個。而且她總是低著頭，一頭亂髮遮著臉不讓人看見，這可不行哪！她快步沿著牆面和圍籬行走，這樣才不會有人向上帝洩露她的行蹤，讓祂知道她還存在這世界上。」

他停下來喝了一口。他掀起襯衫縫邊來擦杯子，趁機偷閒個幾秒鐘。我的小菜這時終於來了。我點得太多，足夠兩個人吃了。我無視他人的目光。我曉得這不是大吃

60 里哈維亞（Rehavia），耶路撒冷市中心附近的高級住宅區。

特吃的時候，可是我必須穩定自己的血糖才行，於是我大口嗑掉南美餡餃、烤鯔魚，還有檸汁醃生魚片配上醃蘑菇。結果我還是點了她喜歡的菜色，這些我吃了鐵定會胃食道逆流。她笑著說：好吧，假如只能這樣的話，就當這是我們見面的方式吧。我狼吞虎嚥掉每道菜，搞得自己一陣反胃。這樣還不夠，我滿嘴塞滿食物這樣對她說。我們玩的這種幻想遊戲對我來說不過癮哪；這種一人乒乓球我不滿意，我也不想自己一個人坐在這裡聽他說故事。你和你的新男友……我差點沒嗆到，山葵嗆得我滿鼻子都是，眼淚也流了出來。她淘氣的竊笑馬上綻放成迷人倩笑，百般誘人地回應我：快別那樣說！死神才不是我的男友呢。我們只是普通朋友。頂多是炮友罷了。

「說到哪裡了？」他喃喃說著。「我剛說到哪兒了。喔，對，我母親。她什麼都不會。家務不行，媽媽該做的事情都不行。」他開始自顧自地抱怨了起來。「不會洗衣服，不會熨衣服，當然也不會做菜。我想她這輩子應該沒自己煎過蛋。可是我爸會很多別的男人不會做的事。你們真該看看他把毛巾摺得整整齊齊疊在櫥櫃裡的模樣，窗簾褶痕也得對齊，地板乾淨得發亮。」他皺起眉頭，眉毛都湊在一起了。「他連內衣褲都會熨，而且是我們三人的都熨。我跟你們講件好笑的事——」「你早該講了！」一名身材短小、肩膀寬闊的男子大聲喊道。其他人也開始附和，「笑料在哪裡？現在到底是在演哪齣？這是什麼鬼啊？」

「大哥，再等一下。我馬上就有全新笑料準備奉上，你們會喜歡的，我敢保證！我只是想要……我想要的是……我這下都搞糊塗了，整個被你們打亂了。老兄啊，你仔細聽我說，你以前絕對沒聽過這種事。我爸他啊，和雅法街上一家鞋店有個約定——你知道耶路撒冷的雅法街？不錯喔，真是有見過世面！這家店要他幫百倍之地61和其他地區的女性修補褲襪。長襪子隊長生意做得很大，這是他用來賺錢的新店之一。這傢伙什麼都能賣，相信我，他甚至能把鞋子賣給魚呢！」

笑聲微弱。多瓦萊赫用手背擦掉額頭上的汗。「仔細聽好了。他以前每週都會拿褲襪回家修補，一次四、五十雙堆得很高，他教她怎樣縫補破洞，他這點也很上手，他會修尼龍襪的梯形脫線裂縫，很難相信吧？」

他現在只對著那名短小寬肩的男子講話。他一隻手擺出拜託懇求的姿態：大哥，再多等一下，熱騰騰的笑話就快出爐，快要好了。「他買來一根很特別的針給她，上頭還附有小小的木質把手……哇塞，現在我都想起來了，你讓我全都想起來了，我愛

61百倍之地（Me'a She'arim），耶路撒冷歷史最悠久的猶太人社區之一，地名典故出自〈創世記〉26：12：「以撒在那地耕種，那一年有百倍的收成。耶和華賜福給他。」

死你了，你是我的偶像！她會將一隻襪子套在手上，然後用那根針把梯形脫線處一一補到沒有裂縫為止，她會這樣連續做上好幾小時，有時甚至徹夜未眠，一針一針地繡補……」

他已經好幾分鐘講個不停了，他想趁觀眾的耐心消耗殆盡之前把故事衝到終點。全場一片安靜。零星幾名女性臉上帶著微微笑意，或許是憶起了那種古早的尼龍褲襪。但沒有人發笑。

「我真的全都想起來了……」他語帶抱歉地喃喃說著。

一名男子不滿的抱怨聲穿破寂靜，「老兄，我說啊，現在到底是怎樣——今晚到底有沒有喜劇可看？」

說話的是那位穿著黃外套的光頭佬。我就知道他會再出聲。另外那位虎背熊腰的男子也發出不滿之聲應援他，陸陸續續有些人也開始附和。另外也有些人，大部分是女性，試圖要讓他們閉嘴，此時黃衣男說了：「大家拜託點，我們是想來開心的，結果這傢伙卻端出猶太人大屠殺紀念特集。況且他還開猶太人大屠殺玩笑咧！」

「這位朋友，你說得對極了，我真的很抱歉。我會補償各位的。現在我想呢……對了，我一定得跟你們講這個！有個傢伙在祖母忌日當天去掃墓。他看到幾排墳墓外有個人坐在墓旁哭泣吶喊：『為什麼？為什麼呀？你為什麼會死？為什麼要將你從我身邊搶走？沒有你，我的人生還有什麼意義？死神你好狠啊！』這樣持續了幾分鐘後，孝順的孫子終於忍不住，走過去對他說：『先生，很抱歉打擾您，不過您的哀痛實在教我感動不已。我不曾看人家如此悲傷過。方便請問您是哪位親人過世了？是兒子？還是兄弟呢？』那名男子抬起頭看著他說道：『都不是──是我老婆的第一任老公。』」

觀眾大笑──顯然是有點誇張了，畢竟笑話本身實在不怎樣──全場也零星傳出刻意勉強的掌聲。看到觀眾如此積極想幫他挽回局勢實在揪心哪。

「各位稍安勿躁，還有呢！我有足夠的笑料可以撐到午夜哪！」他高聲嘶喊，眼神四處亂跳。「有個傢伙打電話給三十年前的高中同學，說：『我手上有明天決賽的票，想去嗎？』同學是有點驚訝，但不花錢的票並非每天都有，於是他答應了。兩人去了比賽，坐下來後發現座位好、氣氛佳，兩人看得開心極了，高興時大喊，生氣時咒罵，跟著別人玩波浪舞，還看到精采的球技。半場休息時，同學開口問道：『兄弟，我忍不住得問──你難道沒有比我更熟的人，比方說親戚好了，可以送這張票嗎？』那個傢伙回答說：『沒有。』『那麼難道你不想──怎麼說好呢──帶你老婆來看比賽？』『我老婆死了。』他這樣回答。高中同學於是說道：『哦，真的很抱歉。那麼你的好朋友呢？同事呢？』『我都試過了，相信我。』那傢伙這樣說：『但他們都說他們想參加她的葬禮。』」

觀眾笑了。喝采朝著舞臺響起，但那個肩膀寬厚的傢伙雙手放在嘴前弄成喇叭狀，大聲喊道：「拜託別再講葬禮了！來點活人的東西吧！」語畢不少人歡呼鼓掌響應，多瓦萊赫雙眼盯著觀眾，但我能感覺到在過去短短幾分鐘內，即使他抖了這麼多包袱和效果，他的人卻心不在焉。他整個人愈來愈往內縮，而且節奏似乎慢了下來，這不是件好事，他會失去觀眾的。今晚他很可能全盤皆輸。而且沒有人能保護他。

「別再講葬禮了。老哥，我懂。你說得有道理。我有在做筆記，邊做邊學。內坦亞的朋友，這樣吧，咱們來點輕鬆的，好吧？不過我還是會跟各位講些比較個人、有些人甚至會說是私密的事情，因為我真的覺得跟大家很投緣。約阿夫，麻煩空調開大一點好嗎？我們都快喘不過氣來了！」

觀眾熱烈鼓掌。

「好，事情是這樣的。節目開始前我在鎮上晃了一圈，查看哪裡有可以逃跑的路線，以防你們決定把我踢下臺——」他呵呵笑了起來，但笑聲隱約之中卻顯得沉重，而大家都聽得出來——「冷不防我看到一名老傢伙，可能快八十了吧，整個人乾癟得像顆葡萄乾一樣，他就坐在街邊長椅上自顧自地哭泣。有老人在哭泣？我怎麼可能不過去看看？他說不定正準備做出人生的抉擇哪。我徐徐走向前去問他說：『先生，你怎麼在哭泣呢？』『不然我還能怎樣？』老人這樣回答。『一個月前我遇見一位年方三十的女子。她集美貌、可愛與性感於一身，我們墜入愛河後開始同居了。』『那真是太棒了！』我這樣說。『那麼到底是什麼問題呢？』老傢伙說了：『我告訴你吧。我們每天一起床就先翻雲覆雨兩小時，接著她會做石榴汁讓我補充鐵質，然後我再去看醫生。我回來後繼續大戰幾回合，然後她會做菠菜鹹派讓我抗氧防老化。下午我會去俱樂部跟朋友玩牌，回家後繼續瘋狂做愛直到深夜，每天都這樣，一日又復一日……』『聽起來超爽的啊！』我這樣跟他說。『我要是也能這樣就好了！不過你究竟為什麼要哭啊？』老傢伙想了一會兒後說道：『我忘記自己住哪裡了。』」

觀眾爆笑。他像健行者測試河邊岩塊穩不穩固般審度情勢，趁最後一波喝采結束前馬上又發動攻勢，「說到哪兒了？教育班長……生化人……」他又開始模仿起他們僵硬的步姿，臉上突然露出諂媚的笑容，看得我胃糾成一團。「教育班長在我耳後催促著說：『快，動作快，可不能讓你遲到了，那可不行，你絕對不能錯過。』我就問了：

『長官，請問是錯過什麼？』他看我的表情好像我是智障一樣。『他們不會一直等著你。』他這樣回答：『你也知道葬禮是怎麼一回事，尤其是在耶路撒冷，他們的宗教法令一大堆。難道魯卡瑪沒告訴你，你四點前得到吉瓦特蕭爾[62]嗎？』『魯卡瑪是哪位？』我坐在自己床上盯著班長看。我跟各位發誓，除了在《國家地理雜誌》上之外，我從沒這麼近距離看過教育班長。於是他說：『你們學校打電話來通知你，而且還是校長親自來電，說你必須於四點前往墓地報到。』然而我還是不理解他在說什麼。他們一直對我講的那些話，都彷彿是我這輩子第一次聽到的語言。校長怎麼會打電話來找我？他怎麼會知道我是誰？他究竟說了些什麼？此外我還有一個問題想問，但我實在不好意思開口，我不曉得該怎樣問那種事情，更別說是問這位我幾乎不認識的教育班長。於是我說出口的話變成了我為什麼必須收拾行李。他仰頭望著營帳頂，看來是全然拿我沒轍了。『小子，』他說道：『你還不懂嗎？你不會回來這裡了。』我問他理由。『因為等到守喪完畢，坐完七，你的同學早就離開這裡了。』

「噢，太好了，所以現在計畫還包括坐七就是了？他們的設想真的很周到，可不是嗎？只不過他們忘記通知我計畫內容了。我耳邊聽著這一切時，腦子裡只想著我好想睡覺。邊聽邊呵欠，就在教育班長的面前。我就是克制不了。我推開床上的東西空出個位置，一股腦躺下後便閉上眼放空。」

他閉起眼睛站著不動。闔上眼後，說也奇怪，他臉部表情竟顯得更加清晰生動，甚至更有靈性。他手指心不在焉地搓著襯衫縫邊。我的心思為他所動，直到他開口說話：

「你知道行軍床嗎？就是那種睡到半夜不小心會折起來，像食肉植物般把人吞進去的床？你的朋友們早上起床卻沒看見多瓦萊赫，什麼都不剩，只留下你的眼鏡，或者單邊的鞋帶，結果床還在一旁舔嘴唇打嗝？」

場內傳來零星的笑聲。觀眾還搞不清楚這時到底該不該笑。只有那兩名穿皮衣的年輕人捧腹大笑，但即使如此他們的笑聲也顯得節制，奇特的低顫嗓音教周圍的觀眾隱隱不安。我眼裡注視著他們，回想起過去曾經有二十年的時光，我都從這樣的人身上吸收他們輻射出來的毒素，直到塔瑪拉走了後，沒有她我再也受不了了，於是我開始將一切都吐出來還給他們。

「教育班長開始大喊：『起來！你躺下去做什麼？』於是我站起來開始等待，等

---

62 吉瓦特蕭爾（Givat Shaul），位於耶路撒冷城西部，當地有全市規模最大的墓地。

他一走馬上躺回去睡覺。那不需要太久，只消等到一切都過去，我們忘記這一切，大家恢復這一切狗屁倒灶的事發生之前的原本生活。

「這下我惹毛他了，但他還是小心翼翼地不發火。『走開。』他說。『站到一旁去，我來幫你收拾東西。』我不懂欸。教育班長要幫我收拾行李？那豈不就像……該怎麼說呢……就像薩達姆．海珊[63]在餐廳裡走到你面前說：『請問您是否有興趣嚐嚐我剛做好的焦糖森林野莓舒芙蕾？』」

他停下來等觀眾遲遲未來的反應。他沒多久便診斷出觀眾所面臨的困境：他的故事徹底消滅了任何發笑的可能。我甚至可以看出來他在思考反應。他立即重新劃定戰場，賦予我們發笑的許可。「你們有聽過那個得了絕症的女人的故事嗎？姑且隱其名好了，免得造成潛意識的暗示效果。」他一臉開心地張開雙臂迎向擁抱。「總之呢，這名女子對丈夫說：『我夢到假如我們來肛交的話，我病就會變好了。』你們沒聽過？你們到底是住在哪裡啊？好啦，我講給你們聽。於是這名丈夫心想，這提議聽起來是有點古怪，但男人為了讓老婆康復什麼都得做，對吧？於是當晚他們上床，做完狗爬式後，兩人便倒頭睡去。到了早上丈夫醒來，伸手一探身邊——竟然空無一人！他嚇了一跳，心想完蛋了，不過此時耳裡傳來她在廚房裡哼唱的聲音。他衝過去看到老婆站在廚房裡做沙拉，滿臉笑意。她看起來容光煥發的咧。『你一定不會相信的。』她這樣說道：『我睡得很甜，起得很早，感覺棒極了，於是我到醫院去讓他們檢查，照了幾張X光片，結果他們說我痊癒了！我簡直是醫學奇蹟！』丈夫聽到後放聲大哭。『你怎麼哭了呢？』老婆問：『難道你不高興我好了嗎？』『當然高興啊。』他啜泣地說著：『我只是在懊悔自己本來也能救老媽的！』」

有些人嗤之以鼻，但大多數都喜歡。我也不例外。這是則好笑話，沒什麼好辯的。我只希望自己能把它記下來。多瓦萊赫快速環繞全場。「幹得好。」他大聲對自己說。「小多多，你還是有兩把刷子嘛。」他張開手掌拍拍胸膛，這姿勢與之前的捶打其實相去不遠。

「好，我站了起來，班長開始朝我的背包進攻。他把散落床上、床底的東西全都一把抓起，氣勢之猛猶如突襲占領區的房子一樣。砰！全都塞進去，整個袋子給亂無章法塞得滿滿的，一點順序安排都沒有，回到家被老爸看見背包長這樣他會怎樣唸我呢？想到這一點我腿一軟，又應聲倒在隔壁的行軍床上。」

63 薩達姆．海珊（Saddam Hussein, 1937~2006），前伊拉克總統，暨獨裁者。

他聳了聳肩。微弱地笑了笑。我想他應該是喘不過氣來了。

「好啦，我們的表演立刻進行下去，可不能得罪觀眾哪，笑料得立即見效才行，動作快！我拿起背包，跟在教育班長背後跑去，我從眼角餘光瞄到我在訓練場上的同學們都在注視著我，彷彿他們已經知道了什麼，或許他們看到了老鷹朝北飛去：朋友你們好啊！」他以厚重的俄國口音模仿老鷹叫聲。「耶路撒冷有新鮮的血哪！」

我看著他跟在教育班長後頭走過去，矮小的身軀讓沉重的背包壓得更顯低下。我記得大家都轉頭過去看他，當下我突然覺得除了那只背包外，他的模樣與我們當年在公車站說再見後他拖著腳步悶悶不樂走回家時並沒兩樣。

他班上有個同學拿他開了個玩笑，但這次沒有人笑。我們不曉得他為什麼被找去見指揮官，我也不清楚營隊結束時，他班上同學到底有沒有人知道發生了什麼事，或是他被帶去哪裡。長官沒有人告訴我們任何事，也沒有人發問。或者應該說至少我沒問。我只知道有一名士官來把他帶走，他起身跟在她後頭，沒兩分鐘後便看見他隨著教育班長走向等候的軍用貨卡。這便是那一天我所知的一切，下次再見到他，即今晚他走上舞臺那一刻。

「駕駛雖然打著空檔卻一腳踩在油門上，他把所有不爽都發洩在腳上，他看我的眼光就像要我的命似的。我爬上車，將背包丟到後頭，然後坐到駕駛身旁。此時教育班長對他說：『你看到這位好孩子了吧？在你載他到貝爾謝巴的中央巴士站之前，不准放開他的手，到那裡會有總部的人來接手送他去耶路撒冷。瞭嗎？』駕駛這時說：『班長，我以聖經發誓，要是我到那裡沒有人來接他，我就要把他丟給失物招領處不管了。』班長用力捏著駕駛的腮幫子，衝著他的面笑著說：『狄波里，你給我聽好了，你可別忘了我握有你的把柄。要是你敢把這小子丟在那兒──我就一腳踹進你屁股裡。要是你不親自把他交到他們手上，我就算你一條裝備未還的帳。現在快給我走人！』

「而我呢，硬要說的話，就像是從旁觀看一齣自己參與其中的電影。我人就坐在軍卡上，身旁是兩個我不認識的人，兩個都是軍人，談論的對象是我，但他們使用的語言我無法全然理解，而且還沒有字幕可看。我一直想問教育班長一件事，我真的很想在出發前問他，我想等他說到一個段落時發問，但他真的說完時我卻開不了口，話到了嘴邊卻出不來，就是沒辦法兜起來，我就是怕得要命──那不過只是兩個字罷了。

「然後他轉過來看著我，我心想，好，這下他要跟我說了，要知道真相了。我想辦法做好準備，整個身體僵硬得無法動彈。此時他伸出手來，像戴帽子一樣扣在我頭上，他說：『願全能的神撫慰你的悲傷，以及所有錫安與耶路撒冷的喪主們。』說完他像策馬奔馳前一樣拍了下卡車側邊。而駕駛也說了聲『阿門』，然後便踩下油門出發了。」

觀眾默不做聲。一名女子好似課堂上的小學生般猶疑地舉起手來，然後又放回膝上。附近一桌的男子狐疑地看著妻子，但她也只是聳聳肩罷了。

黃色外套的男子已經瀕臨爆發邊緣，多瓦萊赫也感覺到了，緊張地看著他。我請女服務生來清桌子——請馬上來。沒辦法忍受繼續看著桌上空無一物的小碟子。真不敢相信自己吃了這麼多東西。

「總而言之，車子繼續開了下去。司機不吭一聲。我甚至連他的名字都不曉得。他很瘦，有點駝背，大鼻子配著偌大的招風耳，長滿粉刺，一路從臉延伸到脖子去。他的痘痘甚至比我還多。我們都沒說話。他是因為我才跑這一趟的，因為他被別人整了，而我當然也不會開口說話——我要說什麼呢？當時氣溫超過攝氏三十八度，我全身汗流浹背。駕駛打開收音機，但完全沒有收訊，只傳來了雜訊干擾聲，除了火星電臺之外什麼都沒有。」這時他維妙維肖地模仿了電臺收訊不良快速轉換頻道的表演，嘰哩呱啦串起了片段的話語及歌曲：「黃金的耶路撒冷」——「強尼是我的心肝寶貝」——「殺光猶太人」——「我想握你的手」——「縱使炮彈轟響，我們對和平的渴望永不止息！」——「真希望她們都是加州女孩……」——「梅西褲襪——立刻體驗！」——「聖殿山在我們手上！」

觀眾開心地笑了。多瓦萊赫拿起隨身壺喝了一口，看著我的眼神彷彿想知道我對故事目前進展，抑或是整場秀的看法。算我笨、算我沒種，我反射性地板著一張臉，面無表情迴避他的眼神。他縮起了身子，彷彿怕我揍他的樣子。

我為什麼那樣做？我為何在當下不展現我的支持？我也想知道答案。我對自己的認識不夠，近年來更是每況愈下。當我身邊無人可傾訴，沒有塔瑪拉在一旁督促我時，我內心的通路便會堵塞住。我還記得有一次她來法庭旁聽我審判一名施暴的父親，事後她有多憤怒。「你都面無表情！」回到家後她氣呼呼地說。「人家可憐的女孩子對你掏心掏肺，用那麼渴求的眼光看著你，只求你能展露一絲絲支持她、瞭解她的意思，只要一個眼神就能讓她知道你是站在她那邊的，而你卻……」

我向她解釋，在法庭上我就是必須擺出這張臉來：即使我內心已在沸騰，外在也絲毫不能顯露我的情感，因為我自己也還沒做出決定。我還解釋說，之後在女孩的父親出庭答辯時，我也是同樣一張面無表情的臉。「司法公正必須讓大家都看得見，」我堅持地說：「我向你保證，我會在判決裡充分傳達出我對那個女孩的感同身受。」「不過到了那個時候，」塔瑪拉這樣說道：「一切就太遲了，因為當她對你傾訴一切最錐心難受的時刻，她需要的你卻不能給她。」塔瑪拉當時看著我的眼神，我不曾從她眼裡見到過。

「不過內坦亞的朋友們，事情是這樣的。」他努力想說得輕鬆寫意，顯然是想甩開我那不友善的表情，我對自己感到憤怒不已。「啊，內坦亞呀！」他歎了口氣。「這平靜美好的城市啊！我就是喜歡跟你們分享故事哪。說到哪裡了？對了，說到了司機。我開始察覺他自己覺得對我這樣過意不去，於是他開始找我搭話。但或許他只是被無聊悶壞了，況且又熱，蒼蠅又多。但我呢——我究竟有什麼可以跟他聊的呢？況且我也不曉得他是否知情。他們是否將我的事告訴他了呢。要是他跟指揮官和班長都在那個房間裡，他們一定告訴他了。我們就假設他知道了，好吧？我還是不曉得怎樣開口問他。此外，我甚至不曉得我是否承受得了答案，況且只有我一個人，身旁沒有爸媽……」

這下爆發了。剃光頭的黃外套男子張開手掌拍桌面，慢慢地，一次，兩次，他面無表情直盯著多瓦萊赫看。整個俱樂部瞬間凝結，唯一動著的是他那隻手。砰。停。砰。

時間彷彿永遠靜止了。

極其緩慢地，從場地邊緣傳來窸窸窣窣的不滿抗議聲。但他還是繼續著：砰。停。砰。肩膀寬闊的矮壯男子也加入他的行動，握緊的雙拳緩緩擊向桌面，力道之大，桌子感覺都快裂開了。我氣得腦袋充血。出現了。就是有這種人。

他們不發一語彼此以眼神互相激勵。他們只消這樣便夠了。他們周遭的低語逐漸升高變成騷動，有幾桌熱烈地支持他們，有幾桌發聲抗議，但大部分的觀眾謹慎地不表示意見。地下室的空間裡充斥著一股淡淡汗味，就連香水味如今聞起來也顯得刺鼻。俱樂部經理無助地杵在那裡不曉得如何是好。

不同桌的觀眾開始吵了起來。「可是他一直有穿插笑料啊！」一名女子堅持地說：「跟你說，我一直有在留意！」「況且獨角喜劇的精髓不只是說笑話，」另一名女子出聲支援，「有時候講的是人生裡有趣的故事。」「好啊，我可以忍受說故事，但他的故事實在沒重點啊！」一名與我差不多年紀的男子這樣喊著，與此同時他身上貼著一名全身人工仿曬的女子。

多瓦萊赫整個人轉過來凝視著我。

一開始我還不曉得他想幹嘛。他人就站在舞臺邊緣，他無視眼下的騷亂，只顧盯著我。他還在希望我能為他做些什麼。但我到底能做什麼？這群人有什麼辦法可治？

剎那間我突然想起自己曾經擁有的能力，面對此等群眾時的能力。我只要一揮手，三言兩語便能以權威制服他們。那是一種王者權威的感覺，但我即使在私底下也不能承認。

叫囂吵鬧的聲浪逐漸升高，這會兒幾乎所有人都涉入其中，空氣裡瀰漫著期待衝突的興奮之情。然而他還是站在那裡注視著我。他需要我。

已經好久沒有人需要我了。這種突如其來的感受之大難以言語形容。伴隨而來的還有一陣恐慌。我突然遏止不住咳了起來，我推開桌子起身，然而我依然不曉得自己該怎麼做。我說不定會就這樣走出去——畢竟說到底，我來這種粗俗的地方幹嘛？一小時前我早該離去了。可是那兩個人還在敲打著桌子，而且多瓦萊赫也還在，下一秒我聽見自己厲聲大喊：「夠了，讓他把故事說下去！」

所有人頓然安靜下來，每個人看著我的眼神混雜著害怕與驚恐，這時我才發現自己的吼聲原比預計中來得震耳。

我呆站著，騎虎難下，就像是肥皂劇裡的演員等著別人幫忙提詞。只是沒有人幫我。這間俱樂部裡也沒有圍事的人把我從觀眾群裡救出來，桌面下方也無緊急報案按鈕，這裡不是我所熟悉的世界，以前我即使以一般人的身分走在街上也很自得，因為我知道自己一轉身便會變成奪斷他人命運的主宰者。

我呼吸太過急促，卻也無可奈何。眾人的眼睛怒視著我。我曉得自己外表有點唬人——有時我那突出的高額頭與重量可不怒而威——但我並非什麼英雄，這樣驚天一吼假如局勢惡化的話，我也沒辦法應付得來。

「讓他把故事說下去。」我又說了一遍，這次放慢語調，用力地把每個字傳送出去，我還擺出了硬碰硬的姿態。我曉得自己看起來很可笑，但我還是屹立不搖，重新憶起讓自己存在感發揮至極大的感受。那就是存在哪。

黃衣男轉頭看著我。「沒問題，法官大人，我懂你的意思。我無不敬之意，但我希望他能告訴我，我今晚花了兩百四十塊白花花的銀子來這裡，到底為什麼要聽這些狗屁倒灶的東西？法官大人，這難道不算犯罪嗎？您難道絲毫不覺得這算廣告不實嗎？」

多瓦萊赫以感激的眼神望著我，那神色彷彿有大哥出面解圍的小男孩。此時他跳出來插嘴，「我的朋友，那百分之百與我的表演有關哪，真的！最重要的關鍵現在才正要登場哪，我發誓。剛剛說的一切都只是前戲罷了，你懂我的意思吧？」他不知道哪根筋不對勁，對這名不滿的男性觀眾露齒而笑，害得對方馬上撇頭，彷彿看到了什麼開放性傷口一樣。「朋友，你仔細聽我說：那時我把臉貼在車窗上，那可是軍規的車窗哪，意思是沒辦法全部關上，但也沒辦法整個搖下來，玻璃就卡在中間抖個不停，不過我其實還挺喜歡這樣的，因為它不只是抖，根本是抓狂了！ㄉ—ㄉ—ㄉ—ㄉ—ㄉ—ㄉ！吵得要命，我說啊，你拿手提電鑽來鑽他媽的磚牆都沒那麼吵。於是很自然地，我用頭頂住它，結果馬上我的腦子就被震爛了——ㄉ—ㄉ—ㄉ—ㄉ—ㄉ！我被丟進攪拌器了！是空氣壓縮機！ㄉ—ㄉ—ㄉ—ㄉ—ㄉ—ㄉ！ㄉ—ㄉ—ㄉ—ㄉ！」

他示範自己頂在車窗上的模樣。整顆頭開始晃動，一開始徐徐地，接著速度加快力道變猛，整個人身體都在震動抽搐，那副景象實在了得：他的五官擠成了一團，表情飛快地變換，像是洗牌時不斷抽插的撲克牌一樣。隨著他在舞臺上四處痙攣扭動，他四肢啪嗒啪嗒顫動狂舞，從舞臺一側被甩到另一側去，然後整個人像布娃娃啪地一聲倒在地上喘氣，手腳不住抽搐。

觀眾又開始笑了。就連那些不滿起鬨的人都忍不住笑了，那位小靈媒也咧嘴大笑。

「我說啊，那樣噠噠噠噠其實是件好事。」他說出自己的想法。語畢起身，拍拍手掌，精神抖擻地對著黃衣男一笑，然後轉向厚肩男。兩人倒還是不服氣，臉上依然掛著半信半疑的嘲弄。

「噠噠噠噠！什麼都沒辦法想，什麼都感覺不到，所有念頭都碾碎成千千百百個碎片，我腦袋變成了漿糊，噠噠噠噠！」他對著那名嬌小的女子抖肩，她嚇了一跳後哈哈大笑，笑得臉頰流下兩行珍珠般的眼淚。少數幾位注意到的觀眾似乎很喜歡這段小插曲。「碧茲，」他喚著她名字，「這下我記得你是誰了。你們家住在養貓的寡婦樓上。」

她眼睛一亮，「我就跟你說了是呀。」

「不過那個駕駛——他可不是傻子！」他高聲一喊，腳一蹬手臂朝上射出，擺出貓王的姿態。「他察覺我的車窗把戲，他以前就見過了，別的乘客也幹過這種車窗巴金森氏症的把戲。於是他開始跟我講話，一副若無其事的態度，一一盤點路上的其他車輛：『那是開往席伕塔[64]的道奇D200。那輛是運送補給前往軍官學校的REO。那一部是從南方指揮部來的斯圖貝克雲雀，戰爭時獨眼將軍摩西．戴陽[65]也有一輛。看到沒？他在對我閃車燈，他認識我。』可是這種話題我能說什麼呢？什麼都沒有。我閉緊嘴巴。於是他改採不同策略：『他們真的就這樣通知你而已嗎？』

「我還是什麼都沒說。噠啦啦啦啦……腦漿都糊成一團了。我花了半秒鐘才將

64席伕塔（Shivta），位於以色列南部內蓋夫沙漠的古城，二〇〇五年被聯合國教科文組織列為世界遺產。
65摩西．戴陽（Moshe Dayan, 1915~1981），以色列政治家和軍事家。在第二次世界大戰中因傷導致左眼失明，人稱「獨眼將軍」。

他的問題碾成粉吸收進我糊成一團的腦袋。在那瞬間我父親和他的雞湯麵突然跳了出來。我自己也搞不清楚那幅畫面怎會在那一刻選擇出現在我腦海中。請給我一點時間講這件事情好嗎？畢竟我父親和他的雞湯麵冷不防出現的確是挺厲害的，因為你覺得他為什麼會那樣出現？或許那不是個好兆頭？說不定是呢？我怎麼會知道。我用力緊閉起眼睛，頭使勁撞著車窗，當下我能做的只有不去思考，不去想起任何事情或任何人。」他雙手鉗著頭不住搖晃，扯著喉嚨對我們喊叫，彷彿想蓋過軍卡裡的噪音，以及那喀嗒喀嗒響的車窗。「內坦亞的朋友，我打從一開始就想通這件事了。我現在必須做的是打開我腦裡的斷路器！現在惦著他對我來說不好。對我爸來說這也不是件好事，基本上我腦子裡現在不應該出現任何人才好。」

他擺出親切的笑容，張開手臂迎向擁抱。有幾位觀眾困惑不解地笑了。我動用全臉的肌肉對他燦笑，鼓舞他邁向前方的挑戰。我不曉得他是否看到了我的笑容。我們人類臉部的表情實在有限哪。

「好，所以那雞湯麵是怎麼一回事？幸好你問了！今天的觀眾真的太棒！體貼又親切哪！且聽我娓娓道來，你們千萬不能錯過。每個星期他處理完帳本後，他都會親手桿麵來配雞湯。我發誓，這是真的。霎時間在卡車裡，我腦海開始播放起了電影畫面，別問我為什麼，大腦就是那副德性，別指望大腦有邏輯這件事。就像這樣，他開始揉麵團時手會這樣動，然後他會這樣把麵團攤成薄薄一片……」

他臉部與身體都沒明顯變化，但整個人一下就進入了角色中。我從沒見過他父親，只在貝爾歐拉那天晚上看過別人粗糙的模仿，但一看見他的表演我當場背脊發涼；那一定就是他本人的模樣。

「他把麵團捲在手臂上，跑進房間裡掛在床頭晾乾，他就這樣快速來回穿梭於屋內，而且他不管做什麼也都會大聲說出來，彷彿自帶旁白：『現在要拿起麵團，將麵團擺在麵粉上，然後拿起擀麵棍，把麵團擀開。』」

有些觀眾吃吃地笑了起來，因為他的口音，因為他的模仿，因為意第緒語，因為多瓦萊赫本人的笑聲。但大部分觀眾卻面無表情地看著他，我開始覺得這種凝視是觀眾最有效的武器。

「我發誓，你跟他一起待在家裡時，你會聽到這傢伙一直對著自己說話，給自己下指令，他就是會自己哼個不停。說真的，他實在是個有趣的傢伙。除非他正好是你爸。現在請各位想像我——對，就是我。有畫面了嗎？哈囉！醒醒好嘛！你的多瓦萊赫在講話呢！我可是這場表演的主角哪！內坦亞還真是座好城市呢。於是我人在沙漠正中央，但同時也置身於某齣瘋癲的電影情節裡，突然在我面前出現了我父親的影像，彷彿身歷其境，他就在我面前比手畫腳講著話，他拿起刀子切開捲起來的麵團，動作快速得跟機器沒兩樣，咻咻咻，麵條就從他刀下飛了出來，刀鋒貼著他手指，卻從沒切到他的手。那種事情不可能發生！順道一提，我媽呢，在我們家則不准她用刀。」他咧齒而笑，愈笑愈開。「比方說呢，要剝香蕉皮的話，她必須在外科手術團隊的監督之下才能進行。她只要拿起工具就會傷到自己流出血來。」說到這裡他對我們眨了個眼，手指徐徐劃過兩隻前臂，劃過他之前戲稱她血管纖繡之處。「內坦亞的觀眾，我一下子突然見到了什麼？」他滿臉通紅大汗。「我看到了什麼？」他停下來等觀眾回應，還舉起手在空中比畫著，但是沒有人回答。觀眾如鐵石般冷硬。「我見到她了！媽！」他噴著鼻子哼了一聲，目的主要是想討好那兩名難搞的男子。「大哥，你們懂我要講的嗎？感覺彷彿我的腦袋也立刻在我眼前投射出她的影像……」

黃色外套的男子隨即起身。他在桌上丟了錢，拽著妻子的臂膀離開。說也奇怪，我幾乎鬆了一口氣：這還比較像樣。我們回到了現實，回到了以色列。那對男女在眾人的注視下走向出口。寬肩膀的男子顯然也想隨他們離去，在他高領衫底下，內心的激烈掙扎清晰可見，但他似乎覺得跟著別人走有失格調。有人想攔下那對夫妻，勸他們留下來。「我受夠了，」男子不滿地說。「大家來這裡是想開開心心的，今天是週末，大家只想放鬆心情，結果這傢伙卻把今天變成了贖罪日。」他妻子粗短的腿蹬著細高跟鞋搖搖晃晃，無助地陪笑，單手往下整理捲起來的裙子。男子目光掃到靈媒女子時遲疑了一晌，他放開妻子的手臂，穿過幾張桌子走向她，他彎下身子溫柔地說：「小姐，我建議你也走了吧。這傢伙不大對勁，他這是在整我們哪。他甚至拿你來開玩笑。」

她的嘴唇在顫抖。「不是那樣的，」她低聲說道。「我瞭解這個人，他只是在假裝。」

臺上的多瓦萊赫注視著這一切在他眼皮子底下進行、開展，他邊將兩手大拇指扣著吊帶邊點著頭，彷彿正開心默背男子的話。那對夫妻一離場，他馬上跑到小黑板前，在上頭添了兩條紅線；一條比較粗長，頂端還加了個針頭。

他放下粉筆後，眼睛朝下張開雙臂模仿機翼，開始緩慢而準確地繞起了圈子。一次、兩次、三次，在舞臺正中央轉啊轉，這是某種淨化的儀式。然後他眼睛有如運動場上的泛光燈般驀地彈開。「可是那名駕駛固執得很！就是不肯放棄！他在打量著我，我感覺得到，他在看我的眼睛、我的耳朵。可是我呢——我躲在自己的掩蔽壕裡。我連頭都不肯轉過去，不給他任何切入的機會。與此同時我牙齒伴著車窗晃動的節奏打著拍子。告－別－式，告－別－式，我－正－要－前－往－告－別－式……因為聽我說哪，各位，我人生在那之前從來沒參加過葬禮，這一點讓我頗為不安，因為，靠！我怎麼知道那會是什麼樣子？」

他暫停下來審視觀眾的反應。他苛求的眼神變得傲慢。我認為他可能是刻意在挑釁，要刺激他們起身離場，背棄他，也背棄他的故事。

「死人也一樣，」他輕聲說道。「我也從沒見過。死掉的女人也一樣。」

「不過呢，各位朋友，」他繼續講下去，似乎有點訝異居然沒人走出去。「咱們別因為葬禮這種事情而搞得太沉重。咱們別因為這種事而心情低落。對了，你們曾經想過嗎，有些親戚你只會在婚喪喜慶時見到面，因此他們都覺得彼此有躁鬱症？」

觀眾笑得小心戒慎。

「我是說真的，我甚至在想——你知道報紙上的餐廳與電影評論吧？我說啊，為什麼沒有守喪坐七的評論呢？他們可以找評論家每天參加不同場坐七，詳細報導每家的情況、氣氛如何、是否有人談論死者的八卦、喪家的舉止反應、是否有遺產紛爭，他們還可以進行茶點排行、哀悼者表現評等……」

整間俱樂部笑翻了。

「既然都說到這裡了，你們有聽過這個故事嗎？有名女子去殯儀館，她想在丈夫入土前見他最後一面？好，殯葬業者帶她去看丈夫，她看到他們幫他穿上黑西裝——對了，這則不是笑話噢。」他舉起食指示意澄清。「這是從基督徒他們那裡拿過來的——於是女子開始哭著說：『我家詹姆斯一定會想穿藍色西裝下葬的！』業者於是說：『太太，聽我說，我們一向為死者穿上黑西裝，你明天再過來，我會想辦法。』她第二天過來，業者讓她看改穿帥氣藍西裝的詹姆斯。女子連番道謝，問他從哪裡找來這麼帥的西裝。業者說：『你一定不會相信，不過昨天你前腳才剛離開，就送來了一名新的死者，身材跟你先生差不多，剛好穿著藍西裝，而他太太說他的夢想就是穿著黑西裝下葬。』好啦，詹姆斯的遺孀再次感謝殯葬業者，她真的很感動，淚眼婆娑。她塞了筆豐厚的小費給他。此時業者說道：『我不過是把頭換過來而已哪。』」

觀眾笑了。他們回來了。光頭男子提早離場錯過今晚這麼精采的表演，觀眾對他的損失興災樂禍。「大家都知道，」附近座位的女子開口說：「他暖機得比較慢。」

「我開始受不了這趟路程了。我整個頭胡思亂想燒得發燙，一切不斷碾壓搗碎，腦袋全部一片稀巴爛，各種混雜的思緒令我無法好好地思考。你們知道那種思緒毫無章法，暴走、混沌、焦慮的狀態吧？就像上床後，卻還沒真正睡著的時候？我到底有沒有關爐子？我一定得去補上臼齒的蛀牙。公車上調整胸罩的小妞，真是看得我爽呆了。那個混帳約阿夫居然說酬勞九十天後支付，誰曉得我九十天後還在不在？耳聾貓抓得到啞巴鳥嗎？我的小孩沒一個長得像我說不定是件好事。沒打麻醉藥就砍樹，他們究竟在想什麼？治喪義工團的駕駛可以在靈車保險桿上貼貼紙說我服務您滿意嗎？在比賽結束前十分鐘把班拿約[66]換下場，教練究竟在想什麼？海報上可以寫『多瓦萊赫與人生分道揚鑣』嗎？我真不該吃那道慕斯的……」

笑聲響起——有點尷尬、困惑，但確確實實是笑聲。嘎嘎作響的空調替會場送入剛除草的清香味。也說不上來那是來自哪個星球的味道，卻教人入迷。我童年住在蓋代拉的回憶浪捲全身。

「司機不發一語。一分鐘、兩分鐘過去了，他可以堅持這樣多久？他又再度開口講話時，感覺彷彿我們已經聊得很深入了。你們知道那種沒有對象可以講話的人吧？寂寞無依，被社會拋棄的那些人？他們有必要的話，會想盡辦法把你所有的話都挖出來。因為你是他們最後的機會，錯過你之後只有過馬路的服務視障者燈號嗶聲會為他們響起。現在假設你清晨七點在診所候診，等待護士來抽血好嗎？」觀眾顯然對這種經驗並不陌生。「這時你還沒全醒，早上還沒喝咖啡，至少得來上個三杯才能睜開左眼皮，你不想要有人煩你，只想自己一個人好好地等死。但這時坐在你隔壁的老頭，他拉鍊沒拉，老二都晾出來，手上拿著深褐色的尿液檢體——說到這兒，你們可曾注意到人們都會拿著檢體在診所四處走動？」

人們互相交換彼此的經驗，此刻他們已全然融化了，他們渴望被治癒。靈媒女子不由得笑了起來，不好意思地偷看四周觀眾，他瞄了她一眼，嘴角閃現一道光。

「別這樣，我們先認真點。會有人拿著檢體瓶這樣走路對吧？就這樣大剌剌從走廊走去繳檢體的窗口。你就坐在靠著牆邊的椅子上，而他眼裡完全沒注意到你。他在看壁紙的花樣。他拿著檢體的手會垂在身體一側，拿得低低的，我說得沒錯吧？」

觀眾噗嗤大笑，紛紛點頭。

「他真的以為這樣你就看不到，他另一隻手其實正拎著一個塑膠罐，裡頭正好裝著一條大便。這時候我們鎖定、放大他的臉，好嗎？他一臉自己跟這件事不相干的模樣，簡直把自己當成跑腿的信差了。他還以為自己是以色列情報特務局的密使，正在

66 班拿約（Yosef Shai "Yossi" Benayoun, 1980），以色列足球運動員，為以色列國家足球隊隊長。

執行一項機密任務，要將生物檢體密件送到研發部去。我跟你們說，我最喜歡作弄這種人了，尤其是來自演藝圈的，比方說演員、導演或編劇，那些我還活躍時合作過的混蛋。總之呢，我會立刻跳起來張開雙臂擁抱他們：『豆豆先生，真是巧呀！』當然，他會假裝不記得我，假裝不曉得我打從哪裡冒出來的。但我才不管咧，我早就忘記我丟掉的是尊嚴或羞恥心了。於是我會提高音量：『哎唷，老哥兒們哪！您大爺怎會跑來我們這種小診所呢？哦，對了，我看報紙上說你正在拍攝最新大作呢。真是大好消息呢！我們大家都很想知道你有什麼新產出！你的作品都是真正發自體內的，對吧？都是從五臟六腑出來的！』」

大家這時都笑得不成模樣，紛紛伸手拭淚拍著大腿叫好。就連舞臺經理都「噗！」忍不住爆笑了出來。唯一沒笑的是那名嬌小的女性。

「噢，別這樣，你又怎麼了？」笑聲漸歇後他這樣問她。

「你讓人家難堪了。」她這樣回答，他對我露出無可奈何的表情：我們該拿她怎麼辦是好呢？就在這一刻我想起來了：尤麗克萊亞。

一知道這名嬌小女性打從孩提時代便認識他之後，我便絞盡腦汁想記起她的名字，況且她改變了整晚表演的走向。尤麗克萊亞，奧德修斯67的乳母，他結束漫遊返鄉偽裝成乞丐時，就是她幫他洗腳的。看到奧德修斯兒時的腳傷認出他的人也是她。

我將名字以大寫字母抄在紙巾上。不知道為什麼，這點微不足道的記憶讓我開心得很。下一秒我開始問自己，我能帶給他什麼。我對他來說有什麼作用？

我又點了一杯龍舌蘭酒。我已經好幾年沒這樣喝了，而且我突然好想吃蔬菜鑲肉。還有橄欖。幾分鐘前我還以為自己什麼都吃不下了，結果我錯了。我突然全身血液噗通暢流。幸好我來了，真的，而且好在我留下來沒走。

「之後呢，車子又往前開了幾哩路……你們還在聽吧？」他探臉看著我們，神似從移動中的車子伸出頭來，而我們呢，意思是觀眾，笑著向他保證有啦，我們還在聽哪，即使有少數幾個人似乎覺得有點意外。

「駕駛冷不防開口說：『嘿，小子，我不曉得你現在是否有這個心情聽，不過下個月我要代表我們指揮部去參加以色列全國國防軍的比賽。』

「我沒回話。我能說什麼呢？我那不存在的小鬍子底下的嘴巴只淡淡嗯了一聲。但沒多久我就覺得對他有點抱歉，我也不曉得耶，或許因為他看起來可憐的樣子，於

---

67 奧德修斯（Odysseus），荷馬史詩《奧德賽》的主人翁，於特洛伊戰爭結束後，經歷海上漂流十載才返回家鄉綺色佳（Ithaca）。

是我問他是駕駛比賽嗎。

「『駕駛比賽？』他不可置信地大喊。他笑得在座位上打滾，連暴牙都露了出來：『我去參加駕駛比賽?!我拿過七十三張罰單耶，老兄！我除了役期之外還得多服六個月勞役。算了吧……駕駛比賽！我說的是笑話比賽啦。』

「我的反應是『什麼?!』，因為我簡直不敢相信自己的耳朵。他接著說：『笑話，就是講笑話，他們每年都會舉辦全軍的比賽。

「說實在的，我有點愣住了。他究竟是從哪裡突然想起這個的？我人坐在那裡，還以為他隨時都會跟我說那件事。你們知道的吧？他會想到這是什麼狀況，然後跟我說。結果他這下突然扯什麼笑話？

「車子繼續往前進，兩人都不吭聲。或許他覺得受傷，因為我居然不感興趣，但說真的，我沒那個心情。這時候我也開始注意到他駕駛技術有多差，車子一直歪來歪去的，不是上路肩就是鑽坑洞。此時我突然想到，假如我母親在這裡的話，說不定會要我祝他比賽順利。一思及此事我便呼吸困難。我耳邊可以聽見她的聲音，她講話語調的抑揚頓挫。我甚至能感覺她在我耳邊吹氣，於是我說了：『祝你好運。』

「『選拔賽大概有二十人吧，』他說。『大家來自四面八方，整個南方指揮部我們有三人進入決賽，最後剩下我代表指揮部出賽。』

「『可是他們如何選的？』我問。這純粹只是為了她而問，因為我他媽的才不管他們怎樣選拔，但我知道她會可憐他，因為他的暴牙、他的痘痘、他整個人的樣子。

「『他們就是選啊，』他說。『我不知道啦，我們進入一個只擺了張桌子的房間裡，然後對著裡面的人說笑話。分主題。』

「現在事情是這樣的：我知道駕駛正在跟我說話，但他人卻心不在焉。他皺起了眉頭，牙齒咬著自己軍籍牌的鏈子，我開始有心理準備這可能只是個障眼法，我是指說笑話比賽這件事。可能就在此刻，等我放下心理防備，他會突然出招，一刀刺過來。

「『那裡有一位評審是《軍營畫報》記者，』他繼續說下去。『還有一位是蒼白獵人[68]的成員——是帥克[69]，那個老是笑臉的大個子。另外還有兩位評審是喜劇演員，我不曉得他們是誰。他們會丟主題給我們，我們就開始講笑話。

「『是喔。』我說。聽他聲音就知道他在說謊，我在等他講完廢話接著跟我說真

68 蒼白獵人（Gashash），以色列三人喜劇組合，堪稱以色列演藝史上最具影響力的經典喜劇搭檔，曾於二〇〇〇年榮獲以色列獎殊榮。

69 帥克（Shaike），全名為 Yeshayahu Levi。

的。

「『比方他們說：金髮女子！你就得在三十秒內講出來。』

「『金髮女子』？」

多瓦萊赫又開始眼神茫然盯著半空中，這是他拿手的把戲。他眼皮半闔，表情凝結在一種對人類本性墮落感到迷惑的神色。他愈是這樣做，觀眾笑得愈大聲，但這會兒笑聲又變得遲疑，零零落落。我察覺到觀眾席裡泛起一股無奈的漣漪，他們終於領悟臺上這名男子到最後還是想講自己的故事。

「這在當下，卡車在路上顛簸個不停，我知道笑話大師此刻正忘我地思考著。幸好整條路基本上是空的，每十五分鐘也不一定會有車經過。我伸出右手摸門把，測試把手的彈性，來來回回拉拉看。我開始有了個念頭。

「『小子，聽我說。』駕駛開始說。『你現在沒心情聽笑話我懂，不過假如你想聽的話……我也不曉得，或許聽聽心情會好些？』

「要怎樣好些？我心裡想著，我頭都快爆炸了。

「『這樣吧，給我一個主題。』他說。他雙手直挺挺放在方向盤上，我看得出來他不是在開玩笑。他整張臉瞬間變了個神情，雙耳燙得通紅。『想到什麼隨便你放馬過來，不必選我們聊過的東西，什麼都行：丈母娘、政治、摩洛哥人、律師、同性戀、動物，隨便你。

「朋友們，你們必須瞭解一件事——拜託，專心聽我一下子就好了——我跟一個瘋狂司機被困在一起好幾個小時了，他要帶我去參加葬禮卻又要講笑話給我聽。我不曉得你們是否曾經歷過那樣的狀態……」我左邊一名女子低聲說道：「我們已經處在那種狀態中一個半小時了。」幸好多瓦萊赫沒聽到她說什麼，也沒聽見這句話所引起的竊笑。

「那是我第一次，」他輕悄悄地說著，幾乎像是自言自語，「我第一次開始感覺到失怙的滋味，沒有人看顧我。

「於是車子繼續前進中。車子上熱得跟烤箱一樣，汗珠都滴進了眼裡。對人家好一點，我媽又在我耳邊說道。要記得每個人在世上的時間都很短暫，你得讓他在這短暫的時間過得開心。我耳裡聽到這番話，腦子開始不受控制地播放她的影像，這些影像來自我對她的回憶，還有他們倆的照片，雖然照片裡他出現的次數比較多，因為她幾乎不肯拍照，他只要將鏡頭對著她，她就會尖叫。我從腦子翻出來的照片有些連我都不記得自己居然還記得，有從我還是嬰孩時候的照片、六個月大時的照片，以及只有我和父親的照片。他以前會帶我到處跑。他縫製了一個小布袋，可以掛在他脖子上，甚至有張照片裡是他在幫客人剃頭，我就在他胸前掛的布袋裡，我還一隻眼從他頭下面露出來偷看。她那時候沒跟我們在一起，我說過了，她去了很多地方，包括療養院——那是那地方的文宣裡的說法。」他伸出一隻手指拉著眼睛下圍的皮膚。「在杜鵑窩之間來來去去。在血管裁縫師的店裡來來去去。不過我們說到哪兒了，內坦亞，我們說到哪兒了……

「沒關係，別費力去想。車子裡一轉眼突然變得好冷。雖然還是吹著坎辛風[70]的時節，我卻全身發冷。我開始抖得厲害，牙齒打顫，駕駛看了我一眼，我百分之一千敢確定他一定在想：我是不是應該告訴他了？還是不要？要現在告訴他，還是再多玩他一下？想到這裡我愈來愈緊張，要是他真的跟我說了怎麼辦？要是他就在車裡趁只有我們倆時告訴我的話怎麼辦？於是我馬上讓腦海裡塞滿各種念頭，就是不想聽見他講話，但我腦海裡出現的卻是我從沒想過的事情，彷彿連我的腦子都一心想整我，丟出各種念頭與問題，像是：人有沒有辦法割同一個地方，她究竟怎麼會這樣，她是用什麼東西割的，事情發生時她一個人在家嗎……這些念頭源源不絕襲來。比方說，是不是我人在營區，結果他提早從理髮店回家？不是的話，那麼是誰去接她下班？有誰能像我一樣去接她？我怎麼會去貝爾歐拉之前忘了問他這件事？我不在的時候他們相處得好嗎？

「『野生動物。』我連忙對駕駛說，話出口時跟咆哮沒兩樣。他聽到後說：『野生動物……野生動物……』就連這個詞都讓我心臟突然震動了一下。選這個詞或許是個壞預兆。什麼事情都突然變成了某種徵兆。說不定連呼吸本身都是個徵兆。

「『我有點子了。』駕駛說道。他的嘴唇動了起來，你也能看出來他的腦袋開始運轉。『好，我想到一個了。一隻無尾熊寶寶站在樹枝上，張開手臂往下跳，一頭撞在地面上。牠奮力站起來，重新爬回樹上，站到樹枝頭，張開手臂往下跳，撞在地上。再次站起來，爬回樹上，同樣的事情一而再再而三重複下去。這件事就這樣沒完沒了，與此同時，兩隻鳥一直坐在旁邊的枝梢上看著牠。最後，其中一隻對同伴說道，我說啊，我們得跟他說他是領養來的才行哪。』」

觀眾笑了。

「啊，你們笑了！內坦亞，這裡真是一座很棒的城市，我不會說你們笑得東倒西

70 坎辛風（Khamsin）是乾燥酷熱的南風，源自沙漠地區，每年三月至五月間易形成局部性低氣壓，造成季節性致災天氣。

歪，但的確有聽到笑聲哪。可惜在車子裡的是我不是你們，不然他一定會開心的。因為我呀，我就光坐在那兒，沒笑也沒其他反應，就像條狗一樣縮在卡車角落顫抖，我第一反應是他為什麼要跟我說父母與養子的笑話？可是那個駕駛一說完笑話，自己就笑了起來。他是真的笑，聽起來跟驢子嘶叫沒兩樣。說真的，他的笑聲比笑話好笑多了。說不定那就是他被選上參加比賽的原因。我沒笑，我也察覺他很失望，但他還不打算就此罷手。我實在想不透他幹嘛不這樣就算了。怎麼會有那麼遲鈍的人？我是這樣想的。

「『好，接下來這個真的是笑死我了。』他說。『每次說這個都得努力克制自己別笑場，因為那樣就會喪失比賽資格。有匹馬走進酒吧，跟酒保點了金星啤酒[71]。酒保幫牠倒了一杯，馬喝完再跟他點了杯威士忌。牠喝完後再點了龍舌蘭酒。一乾而盡。點了杯伏特加，然後再點啤酒……』駕駛有完沒完地講著他的一千零一夜，而我只想遠離他，我的頭撞著車窗，忽然在這震動中我聽到了遠方從沙漠傳來的聲音，那聲音很難聽得仔細，但有點像老媽以前唱給我聽的歌，當時我可能才三、四歲吧，我猜啦。我壓根兒不曉得聲音來自何方，我發誓不是我自己在唱，我已經許多年不曾想起那首歌了，以前都是我睡不著或生病時她會唱給我聽，她會抱起我在懷裡輕輕搖晃，哎咿哩嚕哩嚕，睡吧我的小寶貝，閉上你的雙眼睡覺吧……」

全場突然安靜了下來。小巧的曲調有如一縷輕煙消失無形。

「現在想他吧。」他將自己甩醒，堅決地往前推進。「好的事情，要好的事情，想想他好的事情，想哪裡，想什麼，就這個，想到了，足球選手，就把足球選手分隊想過一輪，首先是以色列球隊，接著是歐洲球隊，然後是南美球隊。這一點我很厲害，這都要歸功於他，因此不管想到什麼都沒問題。從五歲我上一年級起，他便開始教導我足球的知識，這件事他可是全心全意地投入。好，想夠了，現在換她。但她就是不肯出現。他一直又跳回我腦海中。我每次要想她的事——他就會出現。現在是什麼畫面？站在廚房裡煎蛋捲，這說不定是個好兆頭，表示他人在家裡，他一切安好，這時我發現事情不對：這怎麼會是好兆頭，你這個蠢驢？你怎麼會覺得這是個好預兆？此時煎著蛋捲的他抬起頭來看我，露出拍照時的笑容，接著他展露絕技，將蛋捲甩到空中再用另一隻手接住，像指揮一樣高高舉起，他頓時看起來似乎有點在巴結我，但他為什麼要這樣做？他現在需要我做什麼？這跟我沒有關係。但他一直看著我，彷彿這

71 金星啤酒（Goldstar），內坦亞當地出產的啤酒。

一切都與我有關，我求他離開，別再這樣嚇唬我，他究竟想要我幹嘛？我希望他至少不要自己出現，現在我不希望他們倆單獨現身。可是不要啊啊啊——他不僅沒離開，甚至就賴著不走了。接著他出現在牛仔布房裡，我跟你們提過那個地方，那裡頭有張桌子，上面裝有方孔篩以及與桌子垂直的長型鋸……」

他聲音變得沙啞。他拿起隨身壺喝了一口。

「為什麼有鋸子？是誰問的？哦，嗨，十二桌你好！你是老師對吧？從你的口音就聽得出來？為什麼有鋸子，這是你的問題對吧？但其他的聽起來好像都有道理，是這樣的嗎，老師小姐？三百條來自馬賽、魚腥味厚重的棉絨褲，拉鍊都縫錯縫到背後去了——這樣懂嗎？更別說還把剛滿十四歲的孩子支開……」

他眼睛布滿血絲。他鼓起腮幫子吐氣，不住搖頭晃腦。我自己喉嚨開始發癢得厲害。他又開喝了，大口急促地喝。我一定得想起來，當他在前往葬禮時，我人在貝爾歐拉做什麼。可是時間都過了那麼久，你要怎樣憶起細節呢？

不過我還是將自己從這裡抽身而出。我得把事情想通才行。我使出全力，沒得討價還價。我用盡所有氣力，讓當年的那個男孩在我體內復甦，但在我的意識裡他一直無法成形，他拒絕被羈押、拒絕存在、拒絕接受這次審問。我沒就此放棄，我繼續使上所有力氣。這些思緒可不是好搞的。多瓦萊赫依然不發一語。或許他察覺到我沒在聽他說話。但我逼自己問出必要的問題：他離開營區後，我是否有每隔幾小時便想起他？我不記得了。那麼至少一天一次呢？我不記得。我什麼時候才知道他不會回來了？我不記得。我怎麼沒想到去打聽他被帶往哪裡了？他走了我是否鬆了一口氣，甚至因此感到高興？我不記得了。我不記得！

我只知道當時我和莉歐拉才剛打得火熱，沒力氣有別的感覺或想別的事。我也知道營隊結束後，我沒再去上數學家教課。我跟爸媽說不管怎樣我都不回去了。我的語氣堅決，如此大膽的表態也嚇到他們了。最後他們投降讓步，把一切都怪罪是我被莉歐拉帶壞了。

他使勁伸直雙臂，笑容也跟著拉開。「不過我跟你說哪，老師小姐，你一定會很訝異那把鋸子其實是有用處的。因為那個老傢伙可是涉足布料業的大亨呢。沒錯，沒錯，他胼手胝足在回收織品界打造出自己的品牌，破布.com。他趁空閒時進行買賣破布的體面行業，在理髮店中午休息時做，這也是他另外一項有頭有臉的事業……」

觀眾席傳出一陣窸窸窣窣的聲響。聲音打哪兒來的聽不出來。我放眼一看，幾乎所有人都被故事及說故事的人給迷住了——他們可能也沒想到自己會聽得如此入迷，有時臉上會浮現反感、甚至驚愕的表情。不過從觀眾席的確有嗡嗡聲傳來，彷彿傳自遠方的蜂巢，這聲音已經持續了幾分鐘。

「他以前都會騎著薩克斯牌機踏車穿梭在耶路撒冷的大街小巷裡，買碎布、舊衣、襯衫、褲子……」他自己現在也聽得到那聲音了。他的嗓音變成熟悉的古著商叫賣聲，「舊衣買賣喲！」他毫不害臊地使盡全力討好觀眾，「毛……毯、床……單、毛……巾、被……褥、尿……布……洗乾淨後他會按照布料及大小分類。」那嗡嗡聲如今變成竊竊私語聲，從會場四面八方源源不絕傳來。「接下來他要做的呢——各位朋友，仔細聽好，我就要說到重點了，千萬別離開哪——他會坐在牛仔褲房的地板上，將碎布像撲克牌一樣發出去，動作超快，這張給你，那張給你，快、快，這種的堆一堆，那種的也一堆，這是項真工夫，千萬別小看它，然後他會把襯衫和褲子還有外套安在鋸子上，把不要的地方從頭到尾割掉，所有的鈕扣、拉鍊、夾扣、扣環和按扣，全部掉進網篩裡——不過別擔心，那些他都會賣給百倍之地的一位裁縫，在他的世界裡沒有任何浪費的東西——接著他會將碎布一百單捆成一落，我以前會幫他做這個，我還挺喜歡的，我們會一起記數，九十有八、九十有九、一百！然後我們拿麻繩將這些布緊緊綑住，他會拿去賣給修車廠、印刷行、醫院……」

觀眾的私語漸歇。廚房的喧騰也停了。取而代之的靜默深重，有如劇烈破裂之前閃現的空無。多瓦萊赫沉浸在故事裡，顯然沒注意到有什麼在徐徐沸騰，我害怕有人會真的傷害他，不管是對他丟杯子、酒瓶或椅子。此時此刻無論發生什麼都不意外。而他也站在舞臺前方，距離觀眾很近，他雙手環抱著單薄的胸膛，臉上摩挲著看似遙遠又透明的微笑，「每天傍晚我都會坐在媽媽身邊，我邊做功課陪她手上拿著針頭繡補尼龍布，邊看著他使用長鋸。我還記得他的動作，他專注的眼珠子顯得又圓又黑，直到他抬起頭盯著媽媽看，在那一瞬間他便從神遊之地重回人間，又變回了一個人，而且還有媽媽，嘿老媽，內坦亞的朋友呀，聽我說……」

頃刻之間整間俱樂部爆發了。觀眾起身推開椅子，菸灰缸鏗地一聲掉到地板上。咕噥、抱怨、鬆了一口氣的歎息響起，再加上從外頭傳來不屬於這裡的聲音：狂笑、甩車門、怒吼的引擎，以及輪胎尖嘎磨地。多瓦萊赫快步走向黑板，捏在手裡的粉筆如指揮棒般揮舞。五桌、八桌、十桌。數量逐漸增多，至少十桌客人離席了。他們並非說好了要一起走，而是某種東西同時在這些人心裡發酵成熟了，他們如同難民般川流而出，卡住了門口。之前敲打桌子的那名厚肩男子經過我身旁，他對著妻子埋怨，「你能相信他居然想利用我們，解決自己的心結嗎？」她回答：「對啊，還有雞湯是怎麼回事？也別忘了用過的尼龍布！這簡直是整套的說書哪！」

三分鐘後，大多數觀眾都走了，狹小的俱樂部、低矮的天花板似乎都震驚得喘著氣。我們這些坐著紋風不動的人，看著人們一一離去，感覺到的是麻木的疲憊，有些對他們忿忿不滿，有些卻有點嫉妒。同時卻也有些人，數量雖然不多，卻挺直了身子，滿心期盼地望向多瓦萊赫，這些人反而重新提起了勁兒。至於他本人呢，背對著出口，在黑板上畫下最後幾道紅線，這些如今看起來就像狂人的塗鴉。他放下粉筆，轉身面對稀稀落落的觀眾，令我訝異的是他看上去倒像鬆了一口氣。

「還記得那位駕駛嗎？」他問道，彷彿過去幾分鐘的事壓根兒從沒發生過。他自己代替我們回答：「有啊，我們還記得。好，那位駕駛一路上不停說著笑話。一則接著一則，而我充耳不聞，我甚至不再禮貌性陪笑，我辦不到。但他就像石頭一樣頑固，簡直是在地獄走過一遭回來的表演者，沒什麼能擊垮他，就算千百名乘客選擇途中跳車，他的笑話還是會繼續講下去。我坐在一旁看著他，發現他臉上的表情變了。如今他看起來一臉認真而頑強，他甚至沒轉頭看我，沒想看我的眼神，只顧著埋頭講笑話。我不得不思考：他媽的這是在搞什麼？他是有什麼問題啊？

「這整個狀況，我要怎麼跟你們說呢，這趟車程，這位駕駛，那位脫口說出『孤兒』二字的教育班長，而我自己甚至還沒想到這一點——這一切都還沒能滲透我的腦袋！只是像一直跳電一樣毫無影響。孤兒會一瞬間突然長大，對吧？或是變成某種殘障。孤兒就像九年級的伊萊．史提里茲，他爸爸在死海的工廠工作，結果被起重機掉下來砸死了，伊萊從此講話都會結巴。我難道也會從此口吃嗎？孤兒講話是什麼聲音？喪父與喪母的孤兒有哪裡不一樣？」

他雙手握緊拳頭舉在嘴前。觀眾向前傾身好聽清楚他說什麼。我們剩下的人好少，稀稀落落散布在整座會場內。

「內坦亞的朋友，請相信我，我才不希望人生中有任何改變。到目前為止我滿意自己所擁有的一切，夫復何求。我們的公寓瞬息變得有如天堂，即使它實際上又暗又小，光聞破布、棉絨，以及他料理的氣味便教人窒息。我甚至突然開始喜歡起那種味道了。好啦，我知道那裡很爛，簡直就像瘋人院一樣，沒錯，我是被揍得很厲害，好吧，那又怎樣，大家都會被揍啊，所以呢？那年頭誰不會挨揍？那個年代就是那樣！他們自己也不知道不該那樣！但我們有因此受到傷害嗎？大家不都長得好好的？我們不都順利長大成人了？」

他的眼神看上去模糊，彷彿事情此時此刻正在發生中。

「家庭就是這麼一回事。上一秒還抱著你，下一秒便抄起皮帶抽個你半死，而這全都是因為愛。不打不成器哪。『小多，有時候一巴掌勝過千言萬語。』這就是我爹唯一懂得的笑話大全。」他用手背拭去額頭上的汗，努力擠出笑顏。「我的小乖乖，咱們說到哪兒了？你們是怎麼回事？每個看起來都像挨了頓揍的孩子。你們害我好想幫你們揉揉背，唱首搖籃曲了。你們有聽過蝸牛去找員警的故事嗎？沒有？連這個都沒聽過?!好。有隻蝸牛走進警察局，對值班警員說：『有兩隻烏龜攻擊我！』值班警員打開檔案說：『請仔細描述發生了什麼事。』蝸牛說：『我不記得，一切都發生得太快了。』」

觀眾小心翼翼地竊笑。我也不例外。這不只是因為笑話的緣故，笑如今變成呼吸的藉口。

「好，聽我說，我手一直握在門把上。而駕駛呢，他連看都不看我一眼，就開始……」

那名嬌小的女子突然笑得亂顫。他看著她說：「靈媒小姐，怎麼了？我開始變得好笑了嗎？」

「對啊，蝸牛的笑話超好笑！」

「當真？」他眼睛都笑開了。

「對呀！因為牠說一切都發生得太快了……」

他低頭吊起眼珠子，越過眼鏡框凝視著她。我曉得他腦子裡正在盤算如何挖苦她：有人說過你就像銀行保險庫一樣嗎？你們都內建十秒延遲機制……不過他只是笑笑地對她舉手投降，「碧茲，你真是獨一無二哪。」

她挺直身子，伸長幾乎看不見的短脖子。「當年你就是這樣對我說的。」

「我這樣跟你說過？」

「有一次我在哭，你剛好從街上經過……」

「你怎麼哭了呢？」

「因為他們打我，而你說……」

「他們為什麼打你呢？」

「因為我沒長大，然後你從熱氣球旁的屋子後頭走來……」

「我倒立走路？」

「那當然。然後你說我這個人獨一無二，要是我被他們惹哭了，由於你是倒立的，看起來就像我是因為自己而笑了。」

「這些你都還記得？」

「記性好就是長不高的補償囉。」她邊說邊點了三次頭。

「現在來說點不一樣的！」他大聲宣布，但這次音量有所節制，或許是不想驚嚇到她。「駕駛突然拍著自己額頭說道：『我真不敢相信自己有多白癡！你現在可能沒心情聽我說笑話，對吧？我只是想幫你放輕鬆不去想那些事，但我不應該那樣做的，真的很抱歉，好吧？原諒我好嗎？別計較好吧？』於是我說：沒關係。然後他說：『你應該先睡一下。我不說了。到達貝爾謝巴之前我不說半句話。我閉嘴！』」

他又在臺上重現那趟車程的景象：他的頭上上下下點個不住，卡到凹洞就跳起來，碰到彎路便東倒西歪。乘客的眼睛緩緩閉上，即使路途顛簸他整顆頭還是垂到胸前。冷不防他抽了一下，「我沒在睡覺！」然後馬上又徐徐進入夢鄉。他的表演細緻精準，果然是此中高手。我們一小群觀眾揚起嘴角微笑：我們見識到了他的天賦。

「之後，就在我努力快要睡著之際，司機開口問我：『小子，能再問你一件事嗎？』我沒搭話。這下甭睡了。『我只是想知道，』他說：『你是刻意止住的嗎？』

「『止住什麼？』

「『我也不曉得……就那個吧。哭泣。』

「當下我馬上閉緊嘴巴。我是當真咬緊了嘴唇，不跟他說話。我寧願他再講個瞥腳的笑話也好，不要多管閒事。於是車子繼續前進。只不過他這個人，各位應該聽出來了吧，不會輕易放棄的。過了一分鐘後，他又問了一次，我究竟是強忍住還是真的不想哭。

「老實告訴各位，我自己也搞不清楚了。駕駛說得對：我應該要哭的，孤兒都該哭哭啼啼的，可不是嗎？雙親就算只少了一個也應該要哭吧。可是我沒流淚，我什麼都沒有，我的身軀像是一道影子，任何感受付之闕如。而且呢，這該怎麼說是好……除非我確切知道真相，不然什麼事情都沒辦法發生。難道不是這樣的嗎？」

他停下來等我們回答，我們這些殘存的觀眾。

「只是我的眼睛，」他輕輕說了下去，「一直感覺快爆了，但不是因為淚水的緣故。我沒流淚。那是痛楚，我的眼珠子被一股痛感壓得要命。」

他用雙拳的關節壓著眼鏡下的眼球。他用力地揉了好一會兒，彷彿想把眼球從眼窩裡戳出來似的。

「『我家裡有個哥哥死了，願他安息。』駕駛這樣告訴我。『那年他五歲，淹死的。雖然我不曾見過他，但我總是為他哭泣。』

「他一談起他就真的開始哭了。眼淚直直從他臉頰流下。『我不懂你怎麼能那樣。』駕駛說，他此時已泣不成聲，哭得像個孩子一樣。我看著他臉上的淚水，他卻連擦也不擦，任憑淚水浸濕臉頰，滴到制服上，即使這樣他還是不擦，連伸手或拿手帕都不曾。眼淚恣意汩汩而出，他想哭就哭。但我沒有。那感覺就像我腦子哪裡堵住，卡住了，我腦袋阻塞了，不過要是有什麼鬆掉了，或許我就能開始哭。而在這當中，別忘了，我一直在想他或許知道些什麼，說不定他在指揮官營舍裡聽到了什麼，然而他為什麼不告訴我，我又為什麼不乾脆點問他，那不過就兩個字，我的老天爺啊，我為什麼不閉緊眼睛把問題丟出來，不管答案是什麼呢？

「喂，各位！各位！」他突然提高聲調揮舞雙臂，觀眾席中——事實上是我們所有人——彷彿做了場夢被搖醒般縮了一下。我們尷尬地笑著。他從口袋抽出紅色手帕，拭去汗水，然後作勢要擰乾手帕，自顧自吹起了口哨。「你們知道我在想什麼嗎？人類的大腦……分秒不曾停歇。不管是週末、假日，甚至是贖罪日都還在運轉中。大腦協商得到的勞動合約還真遜——它到底在想什麼？可是我剛剛在想……哦，對了。大家想像一下，假設有個國家的法律制度是這樣運作的：法官高高在上敲著法槌，宣判說：『被告請起立！』」他僵硬地直挺挺站著，斜視瞥了我一眼。「『本庭判你武裝搶劫有罪，在此處你得甲狀腺癌。』或者說呢，三名列席法官判你犯下強姦罪，處你得庫賈氏病之刑。又或者他們會這樣說：『本庭獲悉檢方已與辯方取得控辯交易，因此被告得以免受該德國佬阿茲海默之症，改受中風之刑。至於損壞證據之罪則處過敏性腸症候群。』」

縮水的觀眾群敷衍地笑了，他偷偷斜眼看著我們。「你們知道只要你得了病，尤其是那種很厲害的，極有可能繼續發展，我是說，惡化的病，每個碰到你的人都會想辦法說服你那其實沒那麼嚴重吧？才怪咧！大家都認識有人聽說什麼人得了多發性硬化症或肝癌長達二十年，而他們人生過得有多精采！甚至還比得病前更快活！他們如此大費周章說服你這有多棒多酷有多好，你都開始想說自己真是個大傻瓜，早知道多年前就該得硬化症了！這樣你們就能一起度過精采的人生！你們大可變成神仙美眷的！」

語畢他突然跳起了踢踏舞，結尾時「嗟—啦！」一聲，啪地張開雙臂單腳跪地，滿臉大汗竄流。觀眾席中沒有人鼓得了掌。大家乾吞了口水，眼神迷惑地看著他。

「好，我們繼續說下去。車子此時正在路上，車上載著笑話大師與您不忠誠的僕人我——我操，我超沒節操的。」他奮力起身，卻試了三次才成功站起來。「路上很熱，很渴，我們眼前有蒼蠅，嘴巴裡也有蒼蠅。這樣好了，我收回我剛說的話：我壓根兒沒在想這趟路程的事。我的意思是，我清醒時沒在想這件事，只在往事突然浮現眼前時，才想起了車窗，以及我那顆喀噠喀噠敲著車窗的頭。或是想著我如何一路上看著駕駛用嘴唇遮住自己的牙齒。或者想著我這邊座位的椅墊有個小洞，我幾乎能將整根手指全都塞進去，裡頭裝的是泡棉。你們儘管笑，不過在那之前我從沒見過那東西，因為我家裡都是草墊，而我喜歡泡棉的觸感，整趟路上我一直覺得那是來自他鄉異國的魔法材質。這種高貴的材質正在保護我，只要我一把手指從洞裡抽出來，一切就會整個垮下來壓著我。直到今日，關於那趟路程，在我腦海裡還記得的就是這種沒營養的東西，而且它通常出現在夜裡，在我夢中，通常會持續一整部電影的時間，說起來也好笑，這種狀況幾乎每晚都會發生，你能想像有多無聊嗎——喲，放映機啊！你為什麼一直放同一部電影啊?!此時駕駛連頭都沒轉過來，便突然從口中冒出：『可是你還沒告訴我是誰……』」

多瓦萊赫又以故作困惑的眼神盯著我們看。他誇張地撐起嘴角，試圖想逼我們陪著他笑。但沒有人笑。他睜大眼睛，快速眨著眼。此時他整張臉看起來就像小丑似的。他上下點著頭，用嘴型默默問著：不好笑？真的嗎？就這樣了嗎？我已經不好笑了嗎？我終於不行了嗎？他頭喪氣地垂在胸前，開始默默地與自己對話，伴隨著手勢與誇張的臉部表情。

然後他安靜了下來。靜止不動。

不知為何，但那名嬌小的女子比所有人都明白接下來會發生什麼事。她縮起身子，伸手覆蓋住整張臉。他出拳之快我幾乎看不清。我聽到牙齒互撞的聲音，有那麼一瞬間他整張臉似乎從脖子上扭斷飛了出去。他眼鏡掉落在地上。他表情不動聲色。只不過痛苦地大聲喘息著。他伸出兩根手指撐起嘴角，「還是不好笑？一點都不好笑？」

觀眾凍結住了。那兩名騎士一臉緊繃，豎起耳朵，我突然想到他們或許早就知道這一刻會來臨——這就是他們來看表演的原因。

這時他嘶喊著：「還是不行？完全不行？就是不行？」他出掌毆打自己的臉、肋骨、肚子。這駭人的景象看起來像是至少兩個人在打架。在這一連串的肢體與表情動作中，我認出他臉上顯現今晚出現過不只一次的神色：他與虐待自己的人合而為一。他用別人的手毆打自己。

這波狂瀾持續了將近二十秒後戛然而止。他的身體雖無閃躲，卻似乎收了起來，厭惡地迴避自己。接著他聳聳肩，轉身穿過今晚一開始上臺的門下臺去。他有如紙娃娃般行進，膝蓋抬得老高，胳臂劃過空氣。走到第三步時他踩到自己的眼鏡。他沒停下來，只是肩膀稍微抬了一下，馬上又沉下去。他背對著我們，但我可以想像他踩到眼鏡時冷笑的表情，以及忿忿低語的那句話：白癡。

他這就要下臺，留給我們一則未完的故事。他一腳半個身子都已經探出了門去。他停下腳步。他還有一半身體留在臺上。他微微歪著頭回看我們，盼望地眨著眼睛，嘴角閃現拜託行行好的苦笑。我隨即坐直了身體大聲笑。我很清楚自己聽起來是什麼樣子，然而我還是繼續笑。有幾個人加入我的行列，雖然他們聲音微弱且戰戰兢兢，但這已足以讓他回來了。

他轉身雀躍地往回跑，輕盈地像是草原上飛揚的少女，跑到一半他彎腰撿起破碎扭曲的眼鏡，掛在自己鼻梁上，看起來就像是個百分比符號。他的鼻孔滲出兩道鮮血，流進他嘴巴，沾上他的衣裳。「這下我真的看不見你們了。」他臉上浮現微笑。「在我眼裡你們不過是黑色的殘影。就算你們全都離場我也不會知道！」

就跟我猜的一樣，他自己應該也知道，或許這正是他的期望，有一組四位觀眾起身離場，他們一臉驚愕的表情。另外三對也跟在他們後頭出去。他們急忙棄守俱樂部，不曾回頭。多瓦萊赫往前一步走向黑板，但隨即攤手放棄。

「路途飛一般過去了！」他放聲大喊，用聲音尾隨在叛逃的人背後。「駕駛整個人激動到臉扭成一團，全身抽搐，狂拍著方向盤：『你難道不能至少告訴我是爸爸還是媽媽嗎？』

「我一言不發坐在那兒。什麼都沒說。車子繼續前進。路上孔洞忒多。我連我們到了哪裡、或是還剩多少路途都沒頭緒。車窗敲擊我耳，烈日炙傷我臉。我眼睛都快睜不開了。我先閉上左眼，然後換右眼，輪流休息。每次換眼時，世界都看似變了個樣。到了某一刻我終於拾起所有力氣說：『你也不知道嗎？』

「『我？』可憐的笑話大師大喊了一聲，方向盤差點沒飛出去。『我他媽的怎麼會知道？』

「『但你和他們在營舍裡。』

「『他們說的時候我不在……那之後他們就開始跟我吵起來了……』

「我開始正常呼吸了。駕駛不知情。至少他不是刻意瞞著我。我側眼看著他，他頓時看起來像個還不賴的傢伙了。有點不大正常但還可以，而且他很努力想逗我開心，或許他也因這趟車程而備感壓力，況且還有我在。我意思是，他也不曉得我可能會幹出什麼好事——連我自己都不曉得了。

「我也開始在想，這下真的得等抵達貝爾謝巴才能知道了。不論是誰來接我，他總該知道了吧。他們一定會跟他說的。我在想是不是該問距離貝爾謝巴還有多遠。我肚子也餓了，我打從一早就沒吃東西。我頭往後仰闔起眼睛。這樣讓我鬆了口氣，因為剎那間我時間變多了：從現在開始到貝爾謝巴的人告訴我之前，我還能假裝什麼事都沒發生，一切都如我離家時一樣沒變，我只是搭上軍卡要前往貝爾謝巴，途中駕駛一直在跟我說笑話，因為——因為什麼呢？因為我就想這樣。因為今天總部剛好有說笑話比賽，我超想去看的。」

俱樂部外頭的工業區，從遠處傳來了警報鳴聲。一名女服務生找了張沒人的空桌坐下，雙眼直直地盯著多瓦萊赫。他疲累地對她一笑，「噢，瞧瞧你這小可愛！你這又是怎麼了呢？你要是這副表情離場的話，約阿夫決計不肯付我錢的。是有誰掛掉了嗎？這不過是場獨角喜劇罷了！的確啦，這場表演是變得有點另類，談起了往昔的軍中故事。況且自此之後馬齒徒長——各位，都四十三年過去了！法律是有時效的，況且那孩子早就不在我們身邊了，願上帝保佑他的靈魂，我已經完全從他身上康復了。好啦，笑個嘛，好歹體貼我一下。我總得掙口飯吃哪。我還得付贍養費呢。那些法律系學生都跑哪裡去了？」他手架在歪掉的眼鏡上搜尋，但那群人早走了。「好吧。」

他抱怨地說。「算了，或許他們得去哪裡私設的公堂也說不定。對了，你們曉得『贍養費』一詞在拉丁文裡是什麼意思嗎？希伯來語的字面翻譯是『透過錢包切除男性睪丸的方式』。這個還不賴，對吧？超詩意的。好、好，你們儘管笑……我啊，只能哭了……有些女性懷胎保不住，而我呢，則是婚姻保不住。我想要婚姻，但就是撐不下去。每次都發生同樣的事。我許下承諾，做出誓言，然後又開始胡搞瞎搞，接著就是大家都知道的一團糟，聽審、財產分配、探視權……你們有聽過兔子與蛇一起掉進暗坑的故事嗎？這個也沒聽過？各位究竟是住哪裡呀?!好，蛇摸了兔子身體後說：『你有柔軟的毛、長耳朵，還有大門牙——你是兔子！』兔子摸了蛇後說：『你有分岔的長舌，身體扭來扭去又滑溜——你是律師！』」

他豎起一根手指打斷我們有一搭沒一搭的笑聲。「我問各位一個問題，這算是我個人的多瓦禪：假設有個人獨自站在森林裡，附近沒有任何人或生物，這依然算是他的錯嗎？」

女性都笑了，男性則是冷笑。

「駕駛開始用手狂敲方向盤，他大聲吼道：『搞什麼鬼！他們怎可能沒告訴你？他們怎會沒跟你說？』我沒答話。『王八蛋。』他說完點了根香菸，手卻一直顫抖。

他斜眼瞄了我一眼。『想來一根嗎？』我若無其事抽出了一根，他幫我點菸。那是我第一次真正抽菸。那是時代牌[72]的菸，年輕人都抽這一牌的。營隊裡其他人都不肯讓我抽。『你還是個孩子哪。』他們這樣說，然後把菸從我頭上傳來傳去。就連女生都在我頭上傳菸，而如今駕駛替我點了菸，打火機上則是一名衣裳時有時無的裸女。我吸了一口，咳了出來，菸很嗆，這樣很好。我希望它能燒掉一切。希望它能把整個世界都燒掉。

「這下我們邊開著車邊抽菸。沒說話，像男人一樣。要是被老爹看到了，鐵定當場被他賞一記。現在很快又輪到她了，這一切毫無理由。想起她傍晚從公司巴士上走下來時的神情，彷彿她一整天都在為死亡天使賣命，她每天的表情如一，從來沒習慣過自己的工作，只有等她將身上的子彈煙硝味洗去後，她才會又露出人類的表情。然後她會坐在扶手椅上看我表演。我們管那叫做『每日秀』，我每天上學的路上、上課中、下課後都在構思表演的內容。這是專屬她一人的特別演出，有角色、有服裝，有帽子、圍巾、從鄰居曬衣繩上偷來的衣服，還有街上撿來的東西——畢竟有其父必有其子。

「我們周遭一片陰翳，但我和她，我們不需要燈光。只要有熱水開關的小紅燈就夠了。她在黑暗裡最習慣，這是她說的，而她的眼睛也真的在暗處變大，看上去好不真實。像是微弱紅光中遊移的兩尾藍魚。你若在街上看到她披著圍巾腳蹬長靴，老是低著頭的模樣，你絕對猜不出來她有多美麗，但在我們屋子裡，她就是全天下最美麗的女人。我以前常會表演蒼白獵人以及烏里．左哈與帥克．奧佛[73]等人的短劇，還有劇院四重奏[74]的模仿表演。我會拿掃帚權充麥克風，對著她唱〈那是因為你還年輕〉，還有〈雪白頸項的愛人〉，以及〈他不識芳名〉。每天晚上都端出完整的表演，日復一日，年復一年，而他半點都不知情。我們從來沒被他逮到過。有時候我們表演前腳結束，他後腳進來，那時他的確會心生狐疑，卻始終想不透是怎麼一回事，他會像個老學究一樣對著我們搖頭，但頂多就這樣子，沒別的了，他甚至無法想像她看我表演時的神情。」

他向前傾身，一副想用身體包覆住故事的模樣。

72 時代牌（Time），以色列 Dubek 菸草公司出品的在地菸。

73 烏里．左哈（Uri Zohar, 1935~），以色列導演暨喜劇演員，目前重心為宗教事業。帥克．奧佛（Shaike Ofir, 1928~1987），以色列默劇先驅。

74 劇院四重奏（Theater Club Quartet），活躍於一九五七年至一九六五年的以色列表演團體。

「我開始覺得，自己或許不該這樣一直不停想著她，但話說回來，我也不想突然中斷，我怕這樣會讓她變得虛弱。她本來就已經很虛弱了。很快就會輪到他的。事情必須講究公平才行。兩人分配到的時間得一分一秒剛剛好。她以前會腳翹在矮凳上坐著，身上披著白袍，頭上纏著白色毛巾。她那副模樣有如王妃。就像葛麗絲．凱莉。」他轉頭面向我們，聲音霎時變了個樣，那是一名男子單純對著我們講話的清晰嗓音。「那每天總共可能只有一小時，我說的是他回家前我與她獨處的時光。說不定不到一小時，可能只有十五分鐘，我也不曉得，對孩子來說時間流逝的感受不大一樣。但那是我和她在一起最快樂的時光，因此我說不定誇大了些……」他吃吃笑了起來。「我以前會表演各種戲碼給她看：『這裡的食物太糟糕了，分量也太小！』、『我曾經殺過麋鹿。』……還有各種以色列經典。她會坐在那兒，手上這樣拿著菸，笑容彷彿半對著你，半對著你背後。我也不曉得她怎麼聽得懂我的希伯來語，以及各種腔調和俚語，她說不定許多都聽不懂，但在三到四、甚至是五年間的每天晚上，她會坐在那兒笑著看我表演。我敢保證，除了我之外沒人看過她那樣的笑容，她就這樣看著直到她突然覺得無趣了。那通常發生在我話講到一半的時候，不管我講到哪裡，可能就快要講到逗哏的關鍵了，此時我會發現情況不對，這方面我是專家，她的眼神會開始躲回自己心裡面，雙唇顫抖，嘴角左右歪斜，這樣我就會馬上朝關鍵處狂奔，努力轉過最後彎道衝刺，但我能看見她整張臉在我眼前閉合了起來，一切只能就這樣了。表演結束。什麼都沒了。我人還站在那兒，頭上纏著圍巾，手上握著掃帚，感覺自己像個大白癡，跟小丑沒兩樣，這時她扯下頭上的毛巾，熄滅香菸。『看你這樣以後該怎麼辦才好！』她會大罵。『去做功課、出去找朋友玩……』」

他在臺上繞了三圈才又喘過氣來，在這樣歇息的片刻，我發現自己又跌入另一個痛苦的淵藪。要是我跟她有生下孩子就好了，這是我不曉得第幾千次這樣想。但這次卻刺痛了新的部位，那是連我都不曉得自己擁有的地方。要是跟她有了孩子，我便能藉此回憶她的點點滴滴——她頸項的弧度、嘴角的動作。這樣就夠了。我發誓，我別無所求。

「總之呢，我們說到哪兒了？」他沙啞地喊道。「我說到哪兒了？專心點哪，多瓦萊赫。我們已經說過貝爾歐拉、駕駛、老媽、老爸……好，車子行進的速度很快，速率顯示為時速七十五至八十哩，車架都開始抖了起來，但駕駛還是不停邊搖頭邊捶打著方向盤。能看到搖頭娃娃坐在方向盤前而不是在儀表板上，這可是絕無僅有的經驗哪。他每隔幾秒就轉頭看我一次，臉上表情痛苦扭曲，彷彿我……彷彿我得了，該怎麼說，某種病症……

「可是我呢，沒有反應。只管抽著菸。我深深吸進一口又一口的煙，將腦子燒乾殆盡，燒掉所有思緒。但另一方面來說，要是我抽菸的話，便能不帶壓力地想他們，因為她抽菸，他也抽，她都傍晚抽，他則早上抽，而光是想到這裡，他們兩人吐出的煙便交纏成一縷濃煙，充斥著我整個腦袋，彷彿裡頭著火了，我將菸彈出車窗外，我無法呼吸——我沒辦法呼吸。」

他心不在焉地在舞臺上四處遊走，搧著自己臉龐。有些時候我覺得他似乎從故事中汲取能量，但下一秒卻又覺得故事吸光了他的活力。我不確定這當中是否有所關聯，但可能正是因為他隨著故事而產生共鳴的動作，我腦海裡萌生了一個念頭：或許我可以列出重點，簡短幫他紀錄下今晚的實況。回到家裡我會拿出寫滿筆記的餐巾紙，整理出今晚在這裡發生的事情。

這是要給他的。算是紀念品吧。

「笑話大師猛然停車。但他並非小心仔細地滑向路邊——不，他活脫像個搶匪般硬踩急煞！」他在臺上示範怎樣驟然被拋向前，之後又撞上椅背，嘴巴驚得大開。「就像《警網鐵金剛》裡的史提夫．麥昆！《我倆沒有明天》的鴛鴦大盜！車子被甩到路肩去——等等，根本沒有路肩！那是四十三年前的事了，當時根本連路都還沒有，人們看見車禍還會鼓掌叫好想再多看些呢！砰！卡車劇烈搖晃，我們倆被往上拋，撞到了車頂的帆布鐵架，我們驚叫，牙齒如響板喀噠喀噠響，滿嘴黃沙，車子好不容易停下來時，他一頭撞上喇叭——整個額頭衝了上去。我跟你們說，整整三十秒鐘他就那樣呆坐在那兒，他在沙漠裡鑿了個大洞。然後他抬起頭來，砰的一聲一拳擊向方向盤，力道之大我都怕會被他給打壞了，此時他開口了：『咱們不如回去，你說如何？』

「『回去是什麼意思？我得去耶路撒冷。』

「『可是那樣不對啊，你都不……』他開始結結巴巴。『那違反了……我也不知道啦，甚至違反了上帝的旨意，違反了經書的訓誨。那樣是不對的，我不能就這樣開下去，連我自己都覺得很糟糕，我是認真的，我覺得很不舒服……』

「『繼續往前開吧。』說這句話時我彷彿已經變聲了。『到了貝爾謝巴他們會告訴我們的。』

「『最好是會！』他朝窗外吐了口水。『那群混帳，我已經記住他們的號碼了。一群娘炮。每個都想推給別人跟你說。』

「說完後他下車去小便。我坐在車子裡。驀地只剩我一人。自從女士官將我留在指揮官營舍前開始，這是我第一次有這種感覺，自己與自己獨處。我當下立刻明白——獨自一人對我並不是件好事。我被擠得喘不過氣來。我打開門跳下車，跑到卡車另一側去小便。我站在那兒尿沒多久，他馬上跳進我腦袋裡，我是說我父親，他硬生生跑了進來，他這樣做的傾向勝過於她——這又是什麼意思呢，她的存在為何對我來說變得微弱了？我逼自己讓她回來，但他伴隨著她出現，就跟在她後頭，片刻不願讓我與她獨處。搞什麼鬼啊。我用力想著她，我想要看著她的好，結果我卻看到了什麼？我看見她聽到廣播上有以色列士兵擊斃恐怖分子而臉色轉白，或者是兩軍駁火，對方一整支部隊遭我方殲滅。她每次聽到這種新聞，都會立刻起身走進臥室裡。即使她之前已經洗過手，還是會走進去重新再洗一遍，她會在裡頭待上將近一小時，用光所有熱水將手上皮膚刮得一乾二淨，這時老爹會不爽地在走廊上來回踱步，氣呼呼地——嘖！嘖！他氣她浪費熱水，也氣她不支持國軍。但等到她出來時，他又不發一語。什麼都不說。你看，我又想到他了，他就是不肯讓我與她獨處片刻。」

他沿著舞臺踱步。他的腳步似乎有點蹣跚。他的影子沒入背後的銅甕後再吐出來，像是著魔般一再重複。

「我腦子快速奔馳：接下來會發生什麼事，事情會變成怎樣，我會變成怎樣，有誰會來照顧我？接下來這個單純只是舉例說明。我五歲時他開始教我足球的事，這點我說過了，他不是教我怎樣踢球，而是教我世界盃與以色列杯比賽的現狀、規則與結果，還有國家聯盟的球員名稱。接下來則是英格蘭、巴西與阿根廷的球隊，當然還有匈牙利的，以及世界各國的球隊，除了德國之外，這不用說吧，西班牙也被排除在外，那是因為以前的驅逐令，直到今日他還無法全然原諒他們。有時候我在做功課而他在裁布匹時，他會冷不防丟過來一句：『法國！五八年世界杯！』我隨即還以顏色：『方丹！榮凱！羅傑．馬爾榭！』接著他說：『瑞典？』而我說：『哪一年？』他接著說：『也是一九五八！』我就回答：「連賀姆！西蒙森！」[75]那真是快樂的時光。我跟你們說，那個傢伙一輩子沒看過足球比賽。他覺得那是在浪費時間：他們為什麼要踢上九十分鐘？為什麼不二十分鐘就好？為什麼不一球定勝負？不過他自己覺得，由於我體型弱小，要是我很懂足球的話，其他男孩子就會看得起我保護我，不會那麼常揍我了。他腦子就是那樣運作的，總是有個外在動機，袖子裡得暗藏一招，你永遠猜不透他對你是什麼態度——他究竟是挺你的？還是與你作對？那就是他拉拔我長大的方

75 方丹（Just Fontaine, 1933~），榮凱（Robert Jonquet, 1925~2008），羅傑．馬爾榭（Roger Marche,1924~1997），皆為法國足球員。瑞典球員連賀姆與西蒙森全名則分別為 Nils Liedholm（1922~2007）與 Agnes Simonsson（1935~）。

式，他要我相信所有人終究都是自私自利的。那便是他的人生圭臬，他傳給纖弱幼子的精髓所在。

「內坦亞的觀眾，我們在說什麼呢？我還記得些什麼？是啊，我記得的可多了，我如今才明白自己記得的有多少。太多了。比方說我小便完後會照他教我的做，『甩個一下、兩下』，我這才發現他教了我許多事情，這也沒什麼大不了的，像是如何修理百葉窗、在牆上鑽洞、清理煤油暖爐、通排水孔，以及怎樣製作保險絲。我也想起有時候自己會有種感覺，他似乎很想告訴我一些事情，不只是足球，他其實沒那麼喜歡足球──我說的是其他事情，父子之間的事情，像是他的兒時回憶，那樣的事情，或者是想法，或只單純是想過來給我一個擁抱。但他不曉得該怎麼做才好，也可能他覺得不好意思，也可能他只是對自己常把我和老媽丟在一旁感到抱歉，但現在想改變已經太難了，此時我才發現我又開始在想他而不是她了，這些胡思亂想教我腦袋天旋地轉，差點爬不回車子上。

「內坦亞的朋友晚安！」這宏亮的招呼聲一副他才剛上臺的模樣，但刺耳的嗓音已顯疲態。「你們還在聽嗎？你們該不會還記得──這裡不曉得有沒有年紀夠大的人哪？我們小時候有一種玩具，叫做三維魔景機？這種小玩意兒像看幻燈片，壓下去就會換一張圖。那是賽珞珞片的黃金年代哪。」他挖苦地說：「我們就是透過那個看小木偶奇遇記、睡美人、鞋貓劍客的呀……」

觀眾裡只有兩人笑了——那名高個子的銀髮女士，還有我。我們倆眼神瞬間交會。她的五官很細緻，臉上戴著細框眼鏡。

「現在講到目前的狀態。我和駕駛兩人在軍卡裡，有。身旁一片黃沙，有。偶爾軍用車開過來，會車時呼嘯而過的嗡嗡聲，有。」

坐在舞臺邊的五名年輕男女彼此交換眼神後起身離去。他們一句話也沒說。我不曉得他們為何留了那麼久，或是他們為何此刻離場。多瓦萊赫走到黑板前，杵在那兒不動。我感覺這次的棄走，對他來說比之前來得傷人。他聳著肩拿粉筆用力地在板子上畫著：一條、一條、一條、一條又一條的線。

然而此時，在出口前有一名女子止步，她是單身的那位，她無視友人的勸誘，向他們說再見，找了張空的桌子坐下來。經理比手勢要女服務生過來招呼，她跟服務生要了杯水。多瓦萊赫像頭駱駝般大跨步走回黑板前——那麼一瞬間竟看似格魯喬・馬克思[76]——大動作地擦掉板子上的一條線。他邊擦邊轉頭對她咧嘴大笑。

「就在那一瞬間，我連想都沒想就跟駕駛說：『說個笑話給我聽吧。』他整個人像被我偷襲了一拳似地忍不住彎腰。『你是腦子有病嗎？現在想聽笑話？』『你管那麼多做什麼？講一個就好了。』我這樣回答。『不行，我現在沒辦法。』『那你之前為什麼可以？』『之前我不曉得。現在我知道了。』他連頭都沒轉過來。那是因為害怕看我吧。就像害怕自己會被我傳染似的。『算了啦。』他說：『聽到你跟我講的事情，我腦子都快爆炸了。』『就當我求你。』我說：『只要一則跟金髮妞有關的笑話就好。這能有什麼損失呢？車子裡就只有你我，沒有別人會知道。』但他還是說：『不行，我向老天發誓，我辦不到。』

「好吧，要是他辦不到的話就是辦不到。於是我就不煩他了。我把頭靠回車窗上，想要抹去腦海裡的一切，咚咚咚，不想、不在、什麼都沒有、沒有她、沒有他、也沒有孤兒。最好是啦。我一閉上眼睛，我爹就現身偷襲我了。如今他變得跟突擊隊員一樣，一刻都不願等。星期五老媽上早班，他會早早喚我起床，陪他一起到菜園去。這個我跟你們說過了，對吧？沒有嗎？那個菜園只有我們在用，就在屋子後頭，面積很小——大概只有三乘三呎大。我們的蔬菜都打從那裡來的。我們裹著毛毯坐在菜園，他手上端著咖啡香菸滿臉鬍渣，而我還半夢半醒，不自覺地往他身上靠過去，他會把餅乾浸到咖啡裡，然後拿給我吃，我們周遭一片安靜。整棟大樓都還在睡覺，每間公寓裡都沒有人在活動，而爺兒們倆也幾乎不說話。」

他舉起手指要我們仔細聽那份安靜。

「清晨時分，他的身體還沒活絡起來，我們父子倆就那樣看著晨鳥、蝴蝶與甲蟲。我們把餅乾屑丟給鳥兒吃。他會模仿鳥鳴聲，你幾乎聽不出來那是人模仿出來的。

「突然間我聽見駕駛在講話。『有艘船發生了船難，只有一人成功跳船游走。他游啊拍啊游的。最後他快精疲力盡時，終於爬到了島上，他發現自己不是一個人：有一條狗和一隻羊也游了過來。』

「我半張開眼睛。駕駛講話時嘴巴一動也不動，幾乎聽不懂他在講什麼。

「『一星期過去，兩星期過去，島上空無一人也別無動物，只有那個傢伙、那隻羊和那條狗。』

「聽起來駕駛是在講笑話，但聲音聽起來卻不像。他抿著嘴巴在講話。

「『一個月過後，那傢伙慾火中燒。他左看右看，眼前沒有女人，只有山羊。又過了一星期後，他憋不住，就快要爆炸了。』

76 格魯喬・馬克思（Groucho Marx, 1890~1977），美國喜劇演員。

「我心裡開始想：注意點，這位駕駛在跟你講黃色笑話。這是在搞什麼鬼？我再半張開另外一隻眼睛。笑話大師整個身體趴在方向盤上，臉貼著擋風玻璃，表情嚴肅到不行。我閉起眼睛。這裡顯然有什麼我需要理解的事情，但誰有力氣去搞清楚，於是我在腦海裡勾勒出島上的那個傢伙那隻羊那條狗，還種下一株美美的棕櫚樹，敲開一顆椰子，掛上吊床。折疊椅。沙灘球。

「『一個星期又過去了，這傢伙終於忍不住了。於是他過去找那隻羊，掏出自己的老二來，但就在這時那條狗突然站起來狂吼！感覺彷彿在講說：兄弟，安分點，別打那隻羊的主意！這傢伙嚇到了，把東西塞回去後心想：入夜後狗就會睡覺，到時候我再行動。到了夜裡，狗睡到打呼了，那位仁兄靜悄悄地爬到羊身邊。他才剛爬到她身上，狗便像頭豹般襲來，死命吼叫，牠眼泛血紅，齒如尖刃。那可憐的傢伙還能有什麼選擇？他只能爬回去睡覺，卵蛋腫得快比人大了。』」

多瓦萊赫邊說我邊轉頭看觀眾。特別是女性。我瞄了一下那名高個子的女士。她的頭型線條美麗，服貼的短髮有如頭上的光環。三年了。塔瑪拉生病後過了三年。全然無感。我在想女人是否本能感覺到我身上所發生的事，那是否便是我久未接收到任何女性釋出好感的原因。

「你們得瞭解一件事，我這輩子從沒聽過人家那樣講笑話。他仔細吐出口中每一個字，彷彿上帝禁止他漏掉任何一個音節，不然他就會失去參賽資格，並且終生喪失說笑話的執照。」

多瓦萊赫模仿那名駕駛無微不至，拱起整個身體浮在我們面前，彷彿趴在隱形的方向盤前似的。「『這種情況延續了一天又一天，一個星期過去後變成了一個月。只要那個傢伙一靠近那隻羊，那條狗就會跳起來大吼！』」

四處都傳來笑聲。那名嬌小的女性吃吃笑了起來，不好意思地用手遮住嘴巴。

「吼！」多瓦萊赫再次咆哮，這次只對著她吼，聽起來像是之前的噠噠聲變體。她愛死了，銀鈴般的笑聲彷彿被他搔到了癢處。他溫柔地注視著她。

「『有一天，那傢伙坐著那兒絕望地看海，此時突然瞧見遠方冒煙——有另一艘船也沉了！從船上跳下一名金髮妞，她可是裝備齊全的呢：該有的都有，足夠他好好處理了。那傢伙毫不猶豫地跳進水裡，一路游到海中央去救金髮妞。她本來都快溺水了，他一把抓住她，將她拉回到島上，讓她躺在沙灘上。她睜開眼睛，真是美極了，簡直就像名模一樣。她開口說道：『我的英雄啊！小女子這就是你的人了。隨便你想對我做什麼都可以！』於是那傢伙提防地四處觀望，低聲悄悄地在她耳畔說：『小姐，聽我說，你能幫我個忙，壓著那條狗一下子嗎？』

「但我呢——不，內坦亞的朋友，請聽我說！」他不讓我們有機會好好地笑，大家都很需要這樣笑上一場哪。「我頓時爆笑，在車子裡歇斯底里地大笑，因為……我也不曉得為什麼……因為我腦子被這整個狀況搞到短路了，我已經兩分鐘沒想著不遠處等待著我的命運。或許也因為有比我年長的人跟我講了個成人笑話，這等於是肯定我已經懂事了。但我的腦子立刻又跑來捉弄我，我開始在想駕駛為什麼把我當大人了？我說不定不想這麼快長大啊？

「但重點是我笑到流出眼淚，我發誓是真的，我的眼淚終於出來了，我希望這樣也算數。由於周身一切都崩壞了，我開始覺得腦子裡有那差點溺水的金髮妞，有那條狗跟那隻羊，這樣其實也不錯。我眼前出現他們躺在吊床上喝椰子水的景象，這比想起任何我真正認識的人好多了。

「但是駕駛呢，我看得出來我像個瘋子一樣狂笑其實讓他很緊繃，他說不定在害怕我終於崩潰了，但同時卻也隱隱得意著我喜歡他的笑話，他怎麼可能會不開心呢，於是他坐直了身體，快速舔著自己牙齒，他就是有這種小動作，事實上他的小動作可多了，時至今日我依然會想起他，比方說他移動掛在額頭上的太陽眼鏡的模樣，或是兩隻手指捏著鼻子想讓它變小的神情。「本—古里安、埃及總統納賽爾與蘇聯總書記赫魯雪夫[77]一起搭飛機。」他打鐵趁熱又接了一個笑話。「突然機長緊急宣布，飛機燃油耗光了，機上只剩一副降落傘……」

「我能怎麼說呢，那個傢伙是會走路的笑話大全。他對笑話懂得比開車來得多，這點倒是確定的。我心想，我有什麼好在意的？就讓他這樣一路講到貝爾謝巴吧，到那裡他們就會跟我說，他們沒辦法不說，到那裡我就真的開始成為孤兒了，但在那之前我有如獲得緩刑，暫時赦免，那就是我的感覺，彷彿我的行刑延緩了幾分鐘。」

多瓦萊赫抬起頭端詳我，還邊點著頭。我想起自己在電話中問他是否要我審判他時，他有多驚慌失措。

「這點對駕駛來說也一樣。我想他樂得繼續講笑話，部分是因為我帶來的壓力，但或許也因為他純粹想讓我好過點。不論如何，從那一刻起他連停下來喘口氣都沒有，一個笑話接著另一個笑話火力全開，將滿滿的笑話灌注於我身上，老實說，大部分內容我都忘了，但有一些卻留了下來，而坐在吧檯的那些傢伙——喂，你們好啊！你是

77 赫魯雪夫（Nikita Khrushchev, 1894~1971），冷戰時期蘇聯最高領導人。

從羅什艾因[78]來的對吧？啊，抱歉，當然是佩塔提克瓦[79]。感恩哪！——人家他們跟著我至少已經十五年了。年輕人，乾杯啦！人家他們知道有兩三個笑話我每場表演都會講，不論是否有此必要，所以這下子你們知道那些段子來自何處了，比方有個傢伙養了隻一直罵髒話的鸚鵡，聽過嗎？仔細聽了，你們一定會喜歡的。那隻鸚鵡從早上睜開眼睛到晚上入睡為止，不斷放送最下流的……

「怎麼了？」他緊咬嘴唇。「我搞砸了嗎？等等，別告訴我今晚已經講過了吧？」大家眼神茫然，坐著不動。

「你已經講過鸚鵡的笑話了。」靈媒說，但沒抬起頭看他。

「不對，那是另外一隻鸚鵡……」他咕噥地說。「開玩笑的啦！提起精神來！有時候我喜歡測驗觀眾，看他們是不是還醒著。你們通過測試了！你們這群觀眾真棒呢！」語畢皺起眉頭，臉色大變一沉。「我說到哪兒了？」

「講到笑話大師。」那位嬌小的女子說。

「都是因為藥的關係。」他這樣對她說完後口渴地吸著水壺。

「那是副作用，」她眼睛還是沒看他，「我也會這樣。」

「碧茲，聽我說。」他說道。「各位，我說啊，我就快講完了，再陪我一下子好嗎？

這時那位駕駛連珠炮般講著笑話，講得欲罷不能，而我腦子糊成一片稀爛，牧師、拉比、妓女，不小心拿錯伐木工人背包的割禮師，以及在他肚子裡唱歌的綿羊，還有鸚鵡——我意思是第二隻鸚鵡——他們都與這一整天瘋狂的混亂和成一團，我一定是聽著聽著就睡著了。

「結果我醒來時看到什麼？車子停在一個絕非貝爾謝巴中央巴士站的地方。那裡只是一個庭院，有雞咯咯叫、狗在搔癢，還有鴿子關在鳥籠裡，而車子旁站著一名很瘦的女性，頭上頂著茂盛的黑色鬈髮，懷中還抱著包尿布的瘦小娃娃。她站在我車窗外看著我，神情像是看見長了兩顆頭的野獸。我腦海裡浮現的第一個想法是：那小妞臉上是什麼東西？是塗了什麼嗎？想到這裡我才發現那是眼淚。她臉上兩行淚撲簌簌落個不停，駕駛站在她身邊，嘴巴裡塞著一個三明治，他看到我醒來便說：『早安哪，美國的朋友！這位是我大姊，她要搭我們的車。你相信她從來沒去過哭牆嗎？別擔心，我們會先送你去該去的地方。』

78 羅什艾因（Rosh Ha'ayin），以色列中央區的城市。
79 佩塔提克瓦（Petach Tikva），以色列中央區的城市，位於特拉維夫東方十點六公里處。

「搞什麼鬼?!這是哪裡，我是誰，什麼哭牆——那在耶路撒冷耶！貝爾謝巴跑哪裡去了？我們怎會來到這裡？

「駕駛笑著說：『一路上你大半時間都睡死了。我的笑話讓你睡得跟小嬰兒一樣。』女子說道：『我才不相信呢——你一定是用你的爛段子折磨人家了，對吧，小王八蛋？人家這種狀況你還好意思跟他說笑話？』

「不看淚水的話，她的嗓音聽來粗嘎不悅耳。駕駛跟她說：『他連睡著時我都還在說笑話給他聽。一分一秒我都沒讓他空閒過。我傳授給他的是男人間的防禦之道。快上車啦。』她拎著大包包跟小孩坐進軍卡後座。『我們早就過了貝爾謝巴，』他跟我說。『小子，我不會讓你獨自一個人走這趟路。我們已經交心了，我會挨家挨戶一路送你回家的。』『但拜託你行行好，』他姊姊說，『別再說笑話了。而且不准偷看，我得餵他奶吃。把後照鏡轉開啦——變態！』她朝他後腦打了一下，我坐在那兒覺得自己活像個白癡一樣：他們為什麼就是不肯讓我好好開始當個孤兒？他們一直在拖延這件事，難道這是我該做點什麼的徵兆？但該做什麼是好？」

他慢慢走到紅色扶手椅前，靠著椅側坐了下來。從他破裂的鏡片後面，你能看到他的眼神，他正在往心裡去。我替他掃瞄了整間俱樂部，觀眾現在大概只剩下我們十五個。幾名女性注視著他的眼神既遙遠又專注，彷彿她們透過他見到了另一個時空。你很難看錯她們的眼神：她們認識他，關係很親密，至少曾經如此。我在想她們今晚怎麼會來到這裡。他是否每個人都親自打電話邀請？還是只要他巡迴到鎮上表演她們就會出現？

我發現現場狀況不對：那兩名年輕騎士的桌子空了。我沒瞧見他們離去。我猜他們應該是覺得看完他連珠炮似的出拳就夠了。

「我人就坐在那裡，臉直直面對著擋風玻璃。根本不敢讓眼神飄到後座去。我是說，至少她還坐到後座去了，但那到底是怎麼一回事，現在女人怎麼都開始流行在公共場所哺乳呢……？我要說的是，你們想嘛，那真沒意思，你身旁有一名看來完全正常的女子，或者如同他們現在說的，符合常態的女子，她腰際抱著小孩，但就你看來他根本有八歲大了，連鬍渣都有了——」

他的聲音空洞，幾乎沒有音調起伏。

「——你和她正在聊時事，討論量子物理相對論，結果她連眼睛都沒眨，冷不防從懷裡撈出一顆乳房來！那是真的乳房！貨真價實的啊！然後她就把奶子塞進小孩嘴裡，繼續跟你高談闊論瑞士的電磁粒子加速器。」

他這是在告別。我感覺得到。他曉得這是最後一次說這些笑話。那個本來想走卻回來的女孩一隻手撐著頭，眼神模糊地望著他。她身上有什麼故事呢？她是否曾在表演後跟他回家過？抑或她是他五名子女之一，而這是她第一次聽他的故事？而那兩名黑衣騎士——他們是否也與他有某層關係？

我想起他剛剛跟我們說的，他以前會在街上跟人家下棋。每個對手都扮演著某個角色，只是他們自己不曉得。誰曉得他今晚在這裡下得險棋是哪一局？

「而那名女子，司機的姊姊，繼續幫小孩餵奶，同時我聽見她單手在袋子裡摸索著東西，此時她對我說：『我猜你一整天都還沒吃東西吧。小子，把手伸出來。』我手往後伸，她在我手掌上放了個包起來的三明治，接著是一顆已經剝皮的水煮蛋，還有一小包用報紙裝起來的鹽，好讓我沾著蛋吃。她看起來雖強悍，手心卻很柔軟。『吃吧，』她說。『他們怎麼能什麼都不給你就將你送走？』

「我狼吞虎嚥地吃下三明治，義大利臘腸很好吃，也切得很厚，辣味番茄塗醬嗆得我滿嘴巴，真的很好吃，讓我頓時清醒，又重新進入狀況。我撒了點鹽在水煮蛋上，兩口就吃得乾乾淨淨。她什麼都沒說就遞給我一片鹹味餅乾，並從包包裡拿出家庭號的水壺來——說真的，這小妞簡直像是《歡樂滿人間》裡的魔法保姆——她倒了杯橘子水給我。她怎麼能單手靈巧地做出這一切，我真的不懂，而且她居然能同時餵飽小嬰孩和我，這一點更是教我想不透。『餅乾有點乾了，』她說，『配著橘子水喝下去吧。』她說什麼我就照做。」

多瓦萊赫的聲音——是發生了什麼事？他嘴巴裡講了什麼字已經很難聽清楚，過去幾分鐘裡他的嗓音更顯單薄飄浮，聽起來幾乎像是小孩的聲音。

「駕駛呢，也就是他弟弟，也將手往後座探，她往他手上放了塊餅乾。吃完他又一直往後要。我覺得他這樣做是為了逗我笑，因為她不准他再跟我講笑話。我們不發一語開著車。『你不准再要餅乾了，』她說，『你太貪心，留一點給他吃。』但他還是一直伸手，他滿嘴塞滿餅乾朝著我使眼色，於是她朝他後腦勺拍了一記巴掌，他大喊『好痛！』後笑了。我爸幫我剪完頭髮後拍我後腦勺時，我一方面期待但也有點害怕。那一記會有點刺痛，因為他用棉花球幫我拍過鬍後水。他是用手指幫我拍的，拍完後他會小聲在我耳邊低語，不讓其他顧客聽到：『剪得好帥，你真是我的心肝寶貝。』現在輪到她了。想些關於她的好事。但現在想她什麼最好呢。想什麼最有用？我突然很怕想起她。我也不曉得為什麼，她對我來說變得蒼白無色。我是哪裡做錯了？我奮力要讓她回來，但她就是不肯來。我使力拉，雙手一起拉著她，我腦子裡一定得也要有她才行。不能只有他。別放棄啊！我朝著她吶喊。不要投降！我已經快哭出來了，我彎著身體靠在車門上，不讓駕駛和他姊姊看見我這副模樣，就在這時候她來了，感謝老天，她正坐在廚房裡繡補著一整疊尼龍布。而我挨在她身旁寫作業，一切都很正常，她一針一針地勾著線，而每勾幾針她便會停下來，忘我地盯著空中看，眼裡沒有繡補也沒有我。她那樣做的時候都在想什麼呢？我從來沒問過她。我和她這樣獨處上千次了，而我卻從沒開口問過。我知道她什麼事呢？幾乎一無所知哪。她父母很有錢，這點老爸跟我講過。她學校成績很好，她會彈鋼琴，也聽說辦過演奏會，但就這樣了，對她而言大屠殺結束於二十歲那年，戰時她在一節火車車廂上度過了六個月，這點我跟你們講過了。三名波蘭火車工程師將她藏在車廂裡，半年的時間就待在一間小小的車廂裡，於同樣的鐵軌上來回運行。他們輪流看守著她；她跟我講過這件事，講完後露出我從來沒聽過的扭曲笑聲。當時我應該差不多十二歲，家裡就只有我們母子倆，我正在表演節目給她看，但表演到一半她突然要我停下來，然後一口氣將整個故事說給我聽，她的嘴講到歪斜扭曲，講完還好一會兒沒辦法轉正，她整張臉就這樣垮向一邊。六個月後他們決定自己玩夠她了。我也不曉得原因，也不曉得發生了什麼事，總之有一天他們來到終點站，那些人渣就那樣把她丟到門房的斜坡上。

「我還要繼續說下去嗎？」他的嗓音嘶啞。有幾個人點了頭。

「我不記得確切的順序，很多事情我腦子裡都搞混了，不過比方說呢，我總是聽見他姊姊坐在後座，靜悄悄地自言自語『老天幫幫忙啊』，大致上我可以感覺到，他姊姊的腦子一直在動著。不停地運轉。她有在思考我的事情，而我不曉得她是怎樣想的。之前，當她站在卡車外朝裡頭看時，我瞧見她額頭底下有兩圈深邃的黑洞。我往座位裡縮起身子來，不讓自己出現在她的眼睛裡。我也一直聽到嬰兒吸奶的聲音，他每吸幾口便會發出老人般的歎氣聲，聽得我超不舒服。他們在照顧他，保護他，給予他需要的一切，那麼他為何會歎氣？他大姊此時冷不防冒出了一句：『你老爸，他是幹哪一行的？』

「『他有一家理髮店，是跟人合夥的。』我也不曉得自己怎會告訴她這些。我真是個白癡。我差點就告訴她，老爸以前都愛開玩笑說自己合夥人在暗戀老媽，他還會拿著剪刀在他鼻子前作勢威脅他，假裝要是被自己抓姦在床的話就會這樣對付他。

「『那媽媽呢？』她問。

「『我媽媽怎麼了？』我突然有點警覺地問道。

「『她也在理髮店幫忙嗎？』

「『當然沒有，她在以色列軍事工業公司服務，負責揀彈藥做分類。』霎時我覺得她在跟我下棋攻防，兩人走了一步後都在等著看對方如何出手。

「『我都不曉得以色列軍事工業公司也聘女性。』她說。

「『他們有。』我這樣回答。

「她接下來不發一語，因此我也沒說話。然後她問我還要不要再來塊餅乾。我開始覺得餅乾說不定也是她下的棋步，最好不要拿，但即使如此我還是拿了一塊，當下我就知道我走錯了。我也不曉得為什麼，但我就是錯了。

「『吃吧。』她說，口氣感覺很開心。我把餅乾放進嘴裡嚼了一下，卻覺得噁心想吐。『你有其他兄弟姊妹嗎？』她問。

「對了，此時我們早已遠離沙漠。如今周遭出現了綠地與民車，而非軍車。我看著路標推敲距離耶路撒冷還有多遠，但我壓根兒不熟這些城際聯絡道路，根本不曉得路程究竟還剩一小時、半小時，還是三小時，而我不想問。水煮蛋三明治大姊一直拿餅乾問我要不要吃。

「我來跟各位講個笑話。」多瓦萊赫的態度卑微央求，彷彿在說：我現在真的很需要講個笑話來讓嘴巴甜一下。但兩位分坐不同桌的女性不約而同喊道：「繼續講故事。」兩人尷尬地瞄了對方一眼，一位還斜眼瞥了自己老公。多瓦萊赫歎了口氣，他折手指伸展一下手腳，然後深吸一口氣。

「然後那位姊姊突然若無其事地出擊：『你和爸爸相處得還好嗎？你們父子倆處得來吧？』

「我記得自己當場肚子一陣絞痛，我將自己抽離那個地方：我不在這裡。我哪裡都不在。我甚至沒那資格身處任何地方。你們應該知道的——這邊先來個括號——我有上千種不存在的技法，我是全球不存在比賽冠軍，但在那瞬間我想不起自己任何技法。我不是在開玩笑。以前他揍我的時候，我會練習停止心跳。我可以將心跳降至每分鐘二十到三十下，就像進入冬眠一樣，那就是我的目標，算是個夢想。你們一定覺得這很好笑，但我也會練習將痛感從被打的地方，分散至身體其他部位，這樣就能平均分攤了——你們懂的，就是平均分配資源嘛。他打我的時候，我會想像有一隊螞蟻前來將痛楚從我的臉或肚子帶走，幾秒鐘內螞蟻便會將痛感粉碎，然後把碎屑帶往我身體比較感受不到痛的部位。」

他輕輕地前後搖晃著身子，沉溺在自己的世界裡。他頂上打下來的燈光包圍周身，形成一道朦朧的薄紗。但這時他睜開眼睛，久久地凝視著那名嬌小的女性，然後——

他又來了——將眼神轉到我身上，依然帶著同樣仔細算計好的姿態，將火苗從一盞蠟燭傳到下一盞上。我還是不瞭解他那樣做的用意何在，或是他要我從那名女子身上接下什麼，但我能感覺到他需要獲得我同意的表示，於是我以眼神向他確認，我和他和她之間拉起了三角形的三個邊，或許有一天我終究會瞭解此中含意吧。

「但他姊姊就跟他一樣。就是不肯放棄。『我聽不見你在講什麼。』說完她手搭上我肩膀，『你剛說什麼？』我緊緊握著車子門把。她將手放到我肩上是想幹嘛？這一連串問題又是什麼用意？是不是駕駛知道什麼跟她說了？我腦袋開始全速運轉：我究竟在停在他們屋子外的軍卡上睡了多久，他們才將我叫醒？她甚至有時間做三明治水煮蛋還有飲料，說不定司機也進了廚房，把一切都說給她聽了？甚至包括我還不曉得的事情？我又感到一陣反胃。要是我在這裡開門，我可以滾到馬路上去，這樣是會受點傷，但這樣我就能跑進原野裡，他們到葬禮結束前都找不到我了，這樣一切就會結束，我什麼都不必做，而且究竟是誰說我得做什麼的，我哪來這種觀念把一切都攬在自己身上？『我們之間還好。』我這樣跟她說。『我們處得還算不錯，但我跟媽媽的關係比較好。』

「別問我嘴裡怎會冒出這些話來。這世界上我從來沒跟別人講過家裡的狀況，從來沒有，別說班上的同學沒講過，連跟我最好的朋友也沒說過，他們從沒從我嘴裡聽過任何一件事，所以我這是在幹嘛，居然跟個陌生人掏心掏肺起來了？而且是個我根本不曉得叫啥名字的女人？而且說到底，這到底干她什麼事啊，她管我跟誰處得比較好，跟誰又比較不親近？我感覺好糟。眼前一暗。我開始在想——別笑我——她的餅乾裡說不定有什麼東西會讓你開口，就像警方偵訊一樣，說到你坦白為止。」

他臉上浮現夢遊般的驚怖：他在那裡。他整個人置身其中。

「駕駛靜靜地對她說：『別煩他，人家說不定現在不想談那件事。』『他當然想談，』她說。『不然這種時候他還能談什麼？談非洲的猴子？還是你弱智的笑話？小子，我說得對吧？難道你不想談談嗎？』她身子往前傾靠了過來，手又搭上我肩膀，我聞到某種熟悉的氣味，但說不上來是什麼味道，或許是從她身上傳來的香水甜味，也可能是嬰孩身上的味道，我深深吸了一口這種氣味，然後跟她說對。

「『我就跟你說吧。』她使力捏了他耳朵一下，害他大聲撫著耳朵喊疼，我還記得自己當下在想，即使他們一直鬥嘴，你還是看得出來他們是姊弟，而我自己沒有任何手足實在很討厭。我腦子裡一直想著的另外一件事，則是她見過自己夭折的兄弟，那位駕駛不曾謀面的哥哥。她心裡是如何處理這兩個人的地位呢？」

他停下來看著那位嬌小的女士。她打了好幾次呵欠，雙手撐著頭，但她雙眼一直睜得老大，聚精會神地注視著他。他在舞臺邊坐下，雙腳懸空晃呀晃的。他剛流的鼻血凝結在嘴邊及下巴上，襯衫也給染上兩條紅線。

「我霎時想起了一切。這正是今晚最奇妙之處。我想讓各位知道，你們今晚留下來對我而言實在是功德一件。我突然記起了一切，況且不是在睡夢中，而正是此時此刻。比方說好了，我記得自己坐在軍卡裡，心中想著在到達目的地之前，我都要把自己當成動物，不懂人類生活全部的一切。隨便猴子、駝鳥，或蒼蠅都行，只要我不懂人類的語言或行為就行了。而且我不能思考。現在最重要的事情就是別想到任何人，別想要任何事情或任何人。不過或許我可以想一些好事。但這種時候什麼才算好事？對他來說是好事？或對她而言是好事？我怕死了，好害怕自己會犯下那麼一丁點錯誤。」

他艱難地擠出扭曲的笑。他上唇腫得厲害，講話也愈來愈含糊了。

「我說到哪裡了……」他喃喃說著。「我說到哪裡了……」

沒有人回答。他歎了口氣繼續說下去。

「我腦海裡突然想起了半熟蛋。別那樣看我嘛。我小時候不敢吃半熟蛋，那黏稠的口感令我作嘔，而這會惹得父母生氣，硬要逼我吃下去，還說維他命都在那裡面，最後甚至破口大罵打我。說到這裡，只要是跟食物有關的事情，她便會毫無顧慮地揍我。到最後，他們不管怎樣都拿我沒轍，就會跟我說，要是我不把蛋吃下去，他們就會離家出走再也不回來。但即使這樣我還是不肯吃。於是他們便穿上外套，帶上鑰匙，走到門口跟我說拜拜。我雖然很害怕一個人被丟下，卻還是不吃。我也不曉得自己怎麼膽敢反抗他們，而我也會一直頂嘴來拖延時間，我只希望能一直像那樣永遠持續下去，他們倆站在一起跟我說話，兩個人都一樣……」

他自顧自地笑著。他身體看似縮水變小了，腿抬在空中晃呀晃。

「這就是我想著半熟蛋時腦子裡在想的事情：或許我應該一直重播這個畫面，就像一齣有圓滿大結局的電影，直到我們抵達目的地。這時我恰巧瞥了後視鏡一眼，看見他姊姊眼中又盈滿了淚水。她就坐在那兒默默地哭泣。這時一切全都湧上心頭——沙拉米、餅乾、一切的一切。我大吼要駕駛停車——馬上！我跳出車外，在前輪邊大吐特吐。我吐出她給我吃的所有食物，而這樣還沒完，我又繼續吐。以前我吐的時候我媽都會抱著我的頭。這是我人生中第一次一個人嘔吐。」

他輕輕地摸著自己額頭。場內好幾個人不由自主地，也抬起手摸著自己額頭。我也一樣。全場很奇妙地安靜下來。大家都陷入了自我的思索。我手指細細讀著自己額頭。這對我來說並不容易。這幾年來我頭髮愈來愈稀少，皺紋也多了起來，出現深溝似的轍跡。感覺彷彿有什麼從裡面在我額頭上刺青一樣，劃出直線、菱形與方格。你的額頭就像牴著角的公牛一樣，塔瑪拉看到了一定會這樣說。

「來吧，跟我來。」他溫柔地慢慢喚醒我們。「來吧，我要回車上去了。她拿了片尿布給我，要我把臉擦乾。那片尿布剛洗過，味道很好聞。我把布貼在臉上，看起來就像繃帶一樣——」他撐開手掌覆蓋整張臉——「現在輪到她了。我已經扔下她一個人太久了。要想關於她的好事。她將亞努加護手霜搓揉進皮膚裡，整個房子瀰漫著那個味道，還有她修長的手指，以及她想事情或閱讀時手指都會摸著臉頰。她兩隻手都會疊得好好的，不讓人看見他們幫她縫補的地方。她就連在我面前也很小心，我始終沒辦法去數究竟是六個或七個疤。有時是六個，有時七個。好，現在輪到他。不行，還是得她。她的情況比較急迫，因為她一直不斷消失。她皮膚沒有血色。全白的一片，彷彿體內毫無一滴血液。彷彿她已經放棄了，或許是對我感到絕望，因為我不夠用力想她。我為什麼不再用力點想呢？為什麼我沒辦法喚起她的影像？我想要的啊，當然我想要，拜託……」

他停了下來。他無語仰天，臉上表情痛苦。從他體內緩緩地爬出了一道暗影，滑過他的臉龐，扒開他的嘴巴，吸了一口氣後往裡頭鑽了回去。在那一刻當下，我內心有個念頭成熟了：我要讓他讀我今晚打算紀錄下的文字。我希望讓他有時間好好閱讀。他讀的時候我希望陪在他身邊。我希望，即使我無法充分理解，甚至不相信自己可以辦到，我還是希望我寫下的一切能為他而存在。

「可是她也總是讓我難堪……」他喃喃地說。「老是吵鬧，半夜尖叫，在窗邊哭到鄰里全都醒了過來。這些我沒跟你們說過，但這的確必須列入考量，做出最後判決之前必須仔細考慮才行，而且我年紀很小就領悟了一件事：她留在家裡對我來說才是最好的，只有我和她關在公寓裡時，就只有我們兩人談著天，看我表演，她還會把書的內容從波蘭文翻譯給我聽。她會讀兒童版的卡夫卡給我聽，還有奧德修斯與《罪與罰》[80]的拉斯柯尼科夫……」他輕輕笑著。「睡前她會跟我說起《魔山》[81]裡的漢斯．卡斯托普，米夏艾爾．柯爾哈斯[82]，以及《卡拉馬助夫兄弟們》[83]的阿利歐沙，這一切

80 俄國文豪杜斯妥也夫斯基（Dostoevsky）的長篇小說，出版於一八六六年。
81 德國小說家湯瑪斯．曼（Thomas Mann）的作品，發表於一九二四年。

文學的瑰寶，她會想辦法改編成適合我年齡的故事，但通常是不會啦——改編故事並非她的強項——但她一出門情況就變得糟糕。她只要站到門口或窗邊，我便會提高警覺，連帶著心悸亢進，肚子裡壓力變得很大……」

他手貼在肚子上。這細微的動作裡隱含著盼望。

「我能說什麼呢，我整顆頭因為他們倆都爆炸了，不管是他們倆一起，或只有她也一樣，因為她剎那間在我腦海裡醒了過來，彷彿她察覺到自己的時間有限，我們就快到達目的地了，這是她影響我決定的最後機會，於是她開始嘶喊、哀求，提醒我所有各種的一切，我記不起來那究竟是什麼了，然後他加碼讓我想起更多的事情，她每說一件事他就會提起兩件事，她朝這邊拉他便往另一邊扯，我們愈接近耶路撒冷他們便愈顯激烈。

「塞住吧，堵起來。」他發狂似地喃喃自語。「堵起我身上所有洞隙。我閉上眼睛他們就會穿過耳朵而來，閉上嘴巴他們就從鼻子裡鑽進來。他們不斷地推撞、嘶叫，搞得我快抓狂，他們就跟小孩子一樣，對著我尖叫，大喊著——我、我、我，選我！」

他說的話現在幾乎聽不清楚了。我起身坐到離舞臺比較近的桌子去。在這麼近的距離看他的感覺好奇怪。當他抬起頭來，有那麼一瞬間，聚光燈打出了一道視覺幻象，一名十四歲大的男人身上投射出五十七歲男孩的身影來了。

「就在那轉瞬間，我發誓，我不是在想像，我聽見那嬰孩在我耳邊說話。但那不是童言童語，不是的，他聽起來就跟我同年紀、甚至大上一些，他就像這樣深思熟慮地對我說：『小子，你現在真的必須下定決心了，因為我們就快到了。』而我心想：這一定不是真的，我不可能聽到他說話。我向上帝祈禱駕駛和他姊姊沒有聽到。我甚至不應該有那種念頭，不然會被天打雷劈的。於是我開始嘶吼：『叫他閉嘴！快叫他閉嘴！』一切頓時安靜了下來，駕駛和他姊姊完全不敢吭聲，感覺他們在怕我，此時嬰兒叫了一聲，但那就只是一般嬰兒的叫聲罷了。」

他又拿起隨身壺來喝了一口，然後轉過來將瓶口朝下，滴出了幾滴濺到地板上。他朝約阿夫示意，人家一臉不開心地走到臺前，手裡拿著一瓶御貓牌葡萄酒幫他灌入隨身壺。多瓦萊赫催促著要他多倒一些。趁他不注意時，他坐在吧檯前、來自佩塔提克瓦的長期粉絲們偷偷溜走了。我想他根本沒注意到吧。一名身著汗衫的深膚色男子

82 米夏艾爾·柯爾哈斯（Michael Kohlhaas），德國文學家海因里希·馮·克萊斯特（Bernd Heinrich Wilhelm von Kleist）同名小說中的主人翁。

83 杜斯妥也夫斯基最後一本小說，成書於一八八〇年。

從廚房走出來，他靠在空無一人的吧檯上，點燃了一根菸。

在這段歇息的當頭，銀髮細框眼鏡的女子望向我這邊。我倆眼神出乎意料交織了悠長的片刻。

「朋友們，有沒有可能你們恰巧知道我今晚告訴你們這則故事的原因？我們又怎會講到這上頭來呢？」他呼吸聲沉重，整張臉脹紅地很不自然。「很快就要結束了，別擔心，我已經看見最後那道光了。」

他摘下眼鏡瞥了我一眼。我相信這是在提醒我他的請託：要我看出他身上不由自主顯露出來的東西。他就是要我告訴他那是什麼。我發覺那無法化成言語，而那一定就是重點所在。他的眼神在問我：即使如此，你覺得大家看得出來嗎？我點頭：可以。他還是要問：而那個人，他知道自己身上絕無僅有的那個是什麼嗎？而我想：知道。在內心深處他是知道的。

「駕駛帶我回到羅米馬的家，但我一下軍卡時，一名鄰居便從窗戶探出頭大喊：『多瓦萊赫，你在這裡幹嘛？趕快去吉瓦特蕭爾，現在說不定還來得及。』於是我們立刻從羅米馬衝去吉瓦特蕭爾的公墓，距離並不遠，差不多十五分鐘的車程。一路上我們死命狂奔，紅燈也照闖不誤。我還記得車子裡很安靜，沒有人說話。而我……」

他停了下來，深吸一口氣。

「在我心裡，在我漆黑的心中，我開始進行決算。事情就是那樣子。我該開始算帳了，那該死的算帳。」

他又停了下來，整個人愈來愈往心裡陷進去。

他再次浮出表面時，整個人顯得僵硬緊繃。

「孬種。我就是個孬種。記住這一點。法官大人，請把這一點寫下來，你要判決時請把這一點也考量進去。是啊，你們現在眼前看到的是個好人，是個開心的老傢伙，是個搞笑大師。但我自己呢，從那天開始，一直到現在，我都還是那個剛滿十四歲的孬種，腦子裡裝大便，坐在那輛軍卡裡算著爛帳，那是一個人一輩子能算的，最差勁、最扭曲的帳。你們絕對不會相信我把什麼放進去算。從我家到公墓的那幾分鐘車程裡，我把最微不足道最齷齪的小事全都偷偷算進去。我把他們倆還有我們共度的人生，全部加起來算成一筆瑣碎的現金帳。」

他的臉看起來像是有人以鐵掌將之擰乾。「而且要老實說嗎？直到那一刻為止，我都不自覺自己有多殺千刀的混帳。我沒自覺自己內心有多骯髒，直到我全身從頭到尾都變成污穢的髒東西，而且我瞭解了人的本性與價值。在那短短幾分鐘內我瞭解了一切，我懂了，我將之計算，我的腦子在半秒鐘內算好了一切——加這個，減那個，另外那個也減掉，再減一個，好了，這輩子就這樣了，這是抹不掉的，永遠都抹不掉。」

他雙手互握住左右扭轉。在那片鋪天蓋地的寂靜當中，我強迫自己回想起，至少得猜一下，當時我人在哪裡，在軍卡開進公墓的下午四點鐘。我們這一排可能剛從靶場回來。也可能正在集合場上練習隊形。我得瞭解當天稍早，將近中午時發生了什麼事，當我看見他揹著背包從營帳出來，跟在教育班長走到卡車的時候。為什麼我沒起身去找他？我應該要跑過去，陪他走到卡車旁，問他發生了什麼事。我是他的朋友，不是嗎？

「駕駛開得飛快，他整個人身體都壓在方向盤上。臉色蒼白得跟鬼一樣。我們旁邊車子裡的人都在看我。街上的人也在看我。我可以感覺到他們都曉得我們要去哪裡，我心裡又在想些什麼。他們怎麼會知道呢？連我自己都不曉得了，我當然並非全都知情，因為我一直在算著帳，每隔幾秒鐘就會想起一件事，然後又想到別的，我會把這些加進那該死的算式中，那是我自己的受刑人挑揀，右邊的，左邊的，左邊的，左邊的……」

他不好意思地笑了起來，還得用手按住頭才能忍住抖動。

「我真是想不透，街上這些人怎會比我還要早知道我的決定，他們怎會知道我是怎樣的爛貨。我還記得有個老傢伙在我們車子經過時朝人行道吐了口水，一名留著側邊髮辮的虔誠信徒像見鬼一樣跑走，駕駛不過是停車想問他吉瓦特蕭爾怎麼走罷了。而一位帶著小男孩的女人，見著我甚至把男孩的頭掰向一旁。這些都是徵兆。

「我記得駕駛在前往公墓的那段路上，全然不曾正眼看我，連轉過頭來都不曾。他大姊的存在感幾乎消失了，我聽不見她呼吸的聲音。小嬰兒也一樣。正因為連他也這麼安靜，我開始納悶到底發生了什麼事，我做了什麼，為什麼大家都像那樣？

「因為我發覺最後這段路上發生了什麼不好的事情，從家裡開始，或許甚至是從貝爾歐拉離開那一刻開始。但究竟是什麼事？發生了什麼事？大家都想要我做什麼？我是說，我不過是胡思亂想，任憑思緒亂奔，光是想想不會發生什麼事吧，沒有人能控制自己的念頭，你沒辦法讓腦子停下來，要它只想這個或那個，對吧？」

全場靜默。他低垂著眼睛沒看我們。

彷彿他害怕聽到答案。

「而我不懂，我就是不懂，但我也沒有人可問。我只有自己一個人。這一切在我腦海中落實了一個新的想法：一定就是這樣了。事情一定已經發生了。我已經做出了判決。」

他手臂先是朝天伸展，接著往下探，然後往兩側伸出去，他在想辦法呼吸。他眼睛沒看我，但我能感覺得到，今晚就是這一刻，他希望我好好仔細瞧著他。

「問題是，我不曉得事情怎麼會變成那樣。我無法確切指出我決定了什麼樣的結果。我馬上想要反轉自己的想法，我發誓我真的想，我是說真的，而且這是在搞什麼鬼？我怎麼最後會做出那樣的決定？我腦海裡明明一直是完全相反的想法，我的人生明明不是那樣的，但我卻連想都沒想就——這種事情究竟會有誰反悔改變心意呢？」他的嗓音一緊，變成恐慌的嘶喊。「結果現在突然變成這樣？我為什麼最後突然反轉，選擇了我最不希望發生的狀況？我整個人生為何會在一瞬間翻轉，我不過是個蠢小子在胡思亂想啊……」

他跌坐入扶手椅中。

「在那當下，」他喃喃地說：「在那整趟車程中，還有那該死的決算時刻……」

他緩緩翻過手掌好奇地檢視，那眼神裡凝聚了一個人的一生。「我身上好髒，被污染得好厲害……天哪，那一切都滲進了我骨子裡……」

要是當時我起身趁他上車離去前跑過去找他就好了。即使當時正在上課中；即使班長當時在他身旁，而且應該也會大聲喝斥我；即使毫無疑問——當時我應該也不曾懷疑——整個營隊接下來大家都會取笑我。他們會把我當成出氣筒來揍，而不是他。

他雙手抱頭，緊壓著太陽穴。我不曉得他此刻心裡想著什麼，但我從鋪著沙子的訓練場裡起身奔向他。那條路我歷歷在目。路緣兩側排著石灰刷白的石子。行進場上有旗幟。偌大的軍事帳篷。營房陣列。班長對著我斥責咆哮。我沒理他。我跑到多瓦萊赫身邊陪著他走。他發現我來了還是繼續往前走，背包的重量快要壓垮他了。他一臉呆滯。我伸手拍他的肩膀，他停下腳步凝視著我。或許他是想弄清楚，在經歷過那一切之後，我這麼做的用意。我們之間現在又是什麼狀態？我問他：怎麼回事？他們要把你帶去哪裡？他聳聳肩，望向教育班長，問他發生了什麼事。然後班長回答了他。

要是他沒回答的話，我會再問多瓦萊赫一次。

他會再問班長。

我們會反覆來回直到他回答為止。

「有時候我會覺得那次結算留下的污穢，直到今日都還沒從我血液裡代謝乾淨。那也是沒辦法弄乾淨的。要怎麼弄呢？那種髒東西……」他思索著恰當的字眼，手指在半空中比劃著想理出個所以然。「那跟輻射污染一樣。沒錯，那是我個人的車諾比核災，一瞬間影響了一輩子，一直持續污染任何我接近的東西，直到今天依然如此。我碰觸過的每一個人都被污染了。」

整間俱樂部無人作聲。

「甚至是我娶的人。連我生的人也一樣。」

我回頭瞥見那個本來打算離開卻還是留下來的女孩。她掩著面啜泣，雙肩上下搐動。

「繼續說吧。」一名整頭鬈髮的大個兒女性輕聲說道。

他一臉茫然地望向出聲者，疲憊地點點頭。直到現在我才發覺一件很了不起的事：整個晚上他絲毫不曾洩露過我跟他同在軍營裡的事實。他沒把我給出賣了。

「還有什麼能說呢。我們到了吉瓦特蕭爾，那裡就像一條輸送帶，跟工廠一樣，每個小時三場葬禮，砰砰砰，要到哪裡才找得到人？我們把車子停在人行道上，把他姊姊和小孩留在貨車上，我跟司機開始狂奔到處尋找。

「別忘了那是我第一次參加的葬禮。我甚至不曉得要上哪兒找，要找什麼，或是死者會安置在什麼地方，他會從哪裡突然出現，你有沒有辦法看到他的臉，還是整個遺體會被蓋起來。我看到人們三五成群地站在不同區域，我也不曉得他們在等什麼，誰掌管一切，我們又該做些什麼。

「這時我看到一名紅髮的保加利亞人，我曉得他跟爸有往來，他是洗髮精和洗劑的供應商。他身旁則是在以色列軍事工業公司工作的女子，她是我媽很怕的值班經理。在他們背後，我看到了我爸的合夥人西爾維烏，他手上拿著一束花。

「我跟駕駛說找到了，他站在原地不動想給我點空間，嘴巴裡說著『小子，堅強點』之類的話。但老實說，我好想一直站在他身邊。我甚至不曉得他的名字。要是他今晚恰巧有出席的話，能不能舉個手？免費招待一杯飲料可以吧？」

從他繃緊了整張臉的執拗表情看來，他似乎認真相信有此可能。

「你在哪兒呢？」他氣呼呼地說。「我的喜劇好哥兒們你在哪？你一路上說笑話，還騙我說有說笑話大賽。我前陣子查了這檔事。我在進行清理整頓，你知道的，想把雜七雜八的瑣事搞定。我到處詢問，拜託別人，上網搜尋，甚至翻遍了古早的《軍營畫報》，但根本沒那回事，軍營裡沒有說笑話比賽，都是他編出來騙我的，那個滑頭的笑話大師。只是想要減緩我的打擊。你人在哪兒呀，好兄弟？

「現在回到我這裡，不要放開我的手。駕駛回軍卡那裡去了，我走向面前的人們。我還記得自己的步伐放得很慢，彷彿腳下踏著碎玻璃，但一對眼睛動得飛快。在場有我們那棟大樓的鄰居，那位太太老是找我們碴，因為我們晾出來的抹布會滴到她要曬的衣服，而她也來了。另外還有老爸高血壓時幫他拔罐的大夫，以及會拿波蘭文書籍給老媽的同鄉婦人，其他還有這個誰和那個誰。

「總共可能來了有二十個人。我都不曉得我們認識那麼多人。鄰里間平常根本不會有人跟我們講話。或許他們都是理髮店的客人？我也不曉得。我沒走近這群人，我沒辦法見他們。此時有幾個人見著我，開始指指點點。我讓背包從身上滑落，我再也沒力氣背負任何東西。」

他雙臂環抱著自己身體。

「突然有名留著全鬚、治喪義工團的人走過來對我說：『你是遺族嗎？你是格林斯坦家的孩子嗎？你跑哪兒去了？我們大家都在等你！』他用力抓住我的手，彷彿想把它扭斷一樣，拉著我往前。我們邊走他邊把厚紙板做的小帽套在我頭上……」

多瓦萊赫說到這裡眼神鎖定在我身上。而我掏出我的所有，包括我不擁有的一切，全部都給了他。

「他急忙帶著我前去一棟石造建築，推著我進去。我選擇閉起眼睛不看。我心想或許老媽或老爸會在那兒等著我，心想我會聽到有人呼喚我的名字。那會是她或他的聲音，可我什麼都沒聽見。我睜開眼睛，他們不在裡頭，只有一個大塊頭的宗教相關人士，捲起袖子拿著鏟子跑進房間裡來。留著大鬍子的那個傢伙拖著我穿過房間，進去了另一道門。這個房間比較小，一邊裝有大水槽，還擺著水桶、毛巾和濕布。此外還有一部有把手的長型手推車，上頭裹著白布，此時我才意識到就是這個了：那裡頭有個人。大鬍子對我說『先乞求原諒』。可是我……」

多瓦萊赫頭垂到胸前，緊緊摟著自己。

「我一動也沒動。他從後頭用手指戳我肩膀：快乞求原諒。我回他：要求誰原諒？我沒朝那方向看，我腦海裡突然浮現一個念頭，那捆布並不算特別長，說不定不是她——那不是她！或許我只是嚇壞了，被自己的想像力給唬住了。當下我感到前所未有、之後也不曾再有過的開心。那真是種狂喜，好像我自己逃過了死劫一樣。他又推了一下我肩頭：快啊，去認錯乞求原諒。於是我又問了一遍：但要求誰原諒？此時他恍然大悟，推著我的手停了下來問道：你不曉得嗎？我說我不曉得。這時他慌了：

他們沒告訴你？我說沒有。他蹲下身子來，眼珠子湊到我眼前，他輕聲地說：那上頭是你的母親。

「我還記得什麼呢？我記得……我都記得，我好希望自己沒記得一清二楚，或許這樣我腦子裡就能裝下別的東西。治喪義工團的人很快把我帶回去大房間，剛才在外頭看到的人這時都聚在房間裡了，我一走進房間裡，他們就讓出一條路，我看見我父親靠在西爾維烏的肩上，他自己沒辦法站立，整個人像嬰兒一樣癱在西爾維烏身上，連我走進來都沒看到。而我想……我是怎麼想的……」

他深吸了一口氣，遠超乎他身體容量的一口氣。

「我心想我應該上去抱他。但我沒辦法往前，更不可能直視他的眼睛。我背後的人說：快啊，快去找你爹，小子別拖了，你得禱告才行。西爾維烏在他耳邊說我來了，他眼睛頓時睜得好大，彷彿見著了彌賽亞一樣。他放開西爾維烏，張開雙臂搖搖晃晃地朝我走來，他哭喊著她的名字和我的名字。他頓時變得好老，在眾人面前用意第緒語哭喊著如今只剩下我們倆，這種悲劇為什麼發生在我們身上，我們到底做錯了什麼，我們又不曾傷害過誰。我沒辦法動，我沒朝他走去。我只是呆呆看著他，心裡想著他真是個大笨蛋，根本不懂這一切原本說不定會是完全相反的結局——只要失之毫釐，情況就會完全相反。我心想：只要他來抱我，甚至只是碰到我，我就會揍他，甚至是殺他，我做得到，我無所不能，我說的一切都會成真。我一這麼想，身體就整個倒立了過來。腳一踢，手撐地，小帽掉在地上，我聽見眾人倒吸一口冷氣，全場鴉雀無聲。

「我開始往外跑，他在我後面追，他還是搞不清楚狀況，他用意第緒語喊著要我停下來，要我回頭，但對我來說一切都是顛倒的，我讓一切顛倒了。我從底下可以看見大家都往旁站開讓我通過，沒人有膽攔下我。他跟在我後頭邊跑邊吼邊哭，直到門口才停了下來。我也在停車場停住了。我們站在那兒彼此對望，我看過去他看過來，此刻我才真正瞭解，沒有了她，他什麼都不是，他人生所有的能耐都來自有她在身旁。他在那一刻變成了半個人。

「他看著我，我見到他眼珠子慢慢靠攏，我心裡清楚他開始瞭解一切了。我不曉得原因，但他對那種事情就是有動物般的本能。不管你怎麼說，我都相信他有這本事。在那一瞬間，他瞭解了我在前往耶路撒冷的途中所幹的好事，我那該死的結算。他在那一瞬間從我臉上解讀出一切。他舉起雙手，我想——不，我敢肯定——他詛咒了我。因為從他口中吐出的是我不曾聽人類發出過的嘶吼，聲音好像我殺了他似的。那一刻我癱倒落地，手沒撐住便整個人趴在水泥地上。

「停車場裡的人都在盯著我們父子倆。我不曉得他對我說了什麼，咒罵了什麼，或許那全都是我的想像。但我看著他臉，我能感覺到那是極其惡毒的詛咒，當下我還不曉得那會綁架我整個人生，但事實便是如此，不論我逃到哪裡都如影隨形。

「聽著：那是我第一次意識到或許我什麼都不懂，或許他真的願意代替她躺在那張擔架上。對於她，他從來不會計較。他當真是愛她的。」

他的身軀整個癱了下來。「當然了……」他喃喃自語，整個人閃神了好一會兒。

「然後他以手勢向我表明——他不要我了。他轉身回去裡頭繼續進行葬禮，我爬起後一路狂奔，奔過人群和車輛，當下我便知道一切到此為止，我不會再回家去了。家已對我關上大門。」

他緩緩地將隨身壺放回腳邊。他的頭朝著前方下垂，一如故事剛開始的模樣。

「我能上哪兒去？會有誰等我？第一晚我在學校地下室度過，第二晚在會堂的儲藏室，第三晚我就夾著尾巴爬回家去。他幫我開了門，一句話也沒說。他一如往常幫我準備晚餐，但不發一語，我們倆之間沉默無言。」

多瓦萊赫挺起身子，瘦削的脖子頂著不住搖晃的頭。

「她走了後的人生如焉展開。我和他，孤單兩人。不過這有待下回分曉。我現在有點累了。」

無語。也無人稍動。

一分鐘接著一分鐘過去。經理左右張望，清了下嗓子，雙手拍拍自己肉胖的大腿，站起來開始收拾椅子。人們起身悄悄離去，彼此眼神不曾交錯。偶有幾名女子朝多瓦萊赫輕輕頷首。他一臉槁木死灰。那名華髮如雪的高大女子走向臺邊向他鞠躬致意。她離開時經過我身旁，將一張對折的紙條放在我桌上。我注意到她婆娑淚眼旁的笑紋。

最後只剩下我們三人。那名嬌小的女子雙手抓緊她紅色的皮包，一隻腳靠在椅子旁站著。她真的好小，小小的尤麗克萊亞。她在那兒等著，滿懷希冀地看著他。他慢慢從自己陷入的地方回來了，抬起頭看著她，然後微微一笑。

「碧茲，晚安哪。」他說。「別留在這兒。也別走路回家，這不是個好主意。約阿夫！」他朝大廳吆喝。「幫她叫部計程車！我酬勞還有剩的話就從裡面扣。」

她一動也不動地站在那兒。

他奮力爬下舞臺，站著面對她。他本人比舞臺上看起來還要矮。他以老派騎士般的風度傾身吻她臉頰，然後往後退了一步。她還是不動。她踮起腳尖，雙眼緊閉，整個人朝他靠了過去。他再次向前，吻上她的唇。

「碧茲，謝了。」他說。「謝謝你所做的一切，你不曉得我有多感謝你。」

「不客氣。」她的語氣照樣一本正經，但雙頰早已紅透，鳥兒般的胸脯也不住上下起伏。她轉身離去，腳步有點跛，上彎的嘴角則綻放出純粹的喜悅。

這下俱樂部裡只剩我和他了。他一手撐在我的桌邊，站著面對我，我見勢馬上坐下，免得自己的身材壓迫到他。

「我判你溺水受死！」他引用了卡夫卡故事裡父親對兒子說的話，然後把隨身壺拿到頭上，將最後幾滴淋在自己身上。我也被濺到了一些。後頭廚房裡，穿著汗衫的深色皮膚男子正在洗碗盤，邊大聲唱著〈讓它去吧〉[84]。

「你還有時間嗎？」他撐著手臂不住抖動，將身子往上抬，坐上舞臺邊。

「給你一小時都沒問題。」

「你不趕著回家？」

「我沒急著要去任何地方。」

「只是啊，你也知道的……」他微弱地笑著。「等我腎上腺素下降冷靜一下。」

他整個頭垂在胸前。看起來像是坐著睡著了。

在那一瞬間，塔瑪拉出現了，環繞我周身。她的存在感如此強烈，我不得不屏住呼吸。我的天線接收到她的頻率，我可以聽見她在我耳邊低語，傳頌我們都喜愛的費爾南多·佩索亞那句話，「人能完整，存在足矣。」

多瓦萊赫抖著身體醒來，睜開眼睛。呆了半晌後他瞳孔才能清楚對焦。「我看到你在寫東西。」他說。

「我想說或許可以試著寫點什麼。」

「當真？」他笑顏逐開。

「寫完後我會給你看。」

「這樣至少會留下些文字來，」他難為情地笑了。「就像鋸屑一樣……」

84〈讓它去吧〉（Let It Be），英國樂團「披頭四」（The Beatles）一九七〇年解散時的名曲。

「說也奇怪。」他邊說邊將手揮乾淨。「我這個人一向不大會想念……任何人。」

這點大出我意料之外，但我什麼也沒說。

「不過今晚，我也不曉得……這或許是她走後第一次……」他手指遊走輕撫臺上四處倒臥的酒杯。「有好幾個瞬間我真的能感覺到她……不只是感覺像我媽，而是就像真的人一樣，是實實在在存在這世界上的人。你知道嗎，我爸在她走了後繼續活了將近三十年。最後那幾年都是我在照顧他。至少他是在家裡嚥氣的，有我陪在身邊。」

「你是說在羅米馬？」

他聳聳肩。「我沒走得太遠。」

我彷彿看見他與父親在走廊擦身而過的身影。光陰如塵埃落在他們倆身上。

「我送你回家如何？」我提議。

他想了半晌。還是聳聳肩。「好吧，既然你堅持的話。」

「你去準備吧。」我起身站了起來。「我去外面等你。」

「慢著，別那麼快。先坐下。再當一下我的觀眾吧。」

他鼓起胸膛，手掌在嘴邊彎成杯形當成擴音器。「該撒利亞的朋友，節目結束了！」他站在舞臺邊，朝我展露他最燦爛的笑容。「我已經搬出了壓箱寶給各位，今晚不會再有多瓦萊赫的表演，明天也不會有了。儀式到此結束，各位離場請小心，注意接待與安全人員的指示，聽說出口人潮擁擠呢。各位晚安。」

【導讀】深沉思考生存與命運

鍾志清（以色列本—古里安大學希伯來文學系博士、
中國社會科學院外文所研究員）

二〇一七年六月，曼布克國際文學獎評委會宣布將本年度的獎項頒給以色列作家大衛・格羅斯曼的長篇小說《一匹馬走進酒吧》。格羅斯曼與其英譯者潔西嘉・科恩（Jessica Cohen）共同分享五萬英鎊獎金，同時還各自獲得了一千英鎊入圍獎金。

見證倖存的生命

《一匹馬走進酒吧》是一部帶有喜劇色彩的長篇小說。其希伯來文首版出版於二〇一四年，英文版於二〇一六年面世。小說超越了傳統意義上的小說類型與規範，將故事情節限定在兩個小時內，地點在當今以色列特拉維夫北部海濱小城內坦亞（Netanya）的一個小酒吧裡。主人公多瓦萊赫·格林斯坦是一位五十七歲的喜劇演員，他性情古怪，既迷人，又令人生厭。舞臺上的他身材瘦削，身穿破舊的牛仔褲、牛仔靴，表情中流露出人生的某種不稱心，顯然他職業生涯的巔峰時期已經一去不返。他先向觀眾講了幾個笑話，但這些笑話似乎並不好笑。觀眾在等待，但接下來的事情更加出乎意料。格林斯坦並不像一般脫口秀演員那樣注重取悅觀眾，而是傷害觀眾，甚至勸說他們與自己一起唱誦反對阿拉伯人的歌曲。

觀眾中有一位耶路撒冷的退休法官，名叫阿維夏·拉札爾，可以說是格林斯坦青梅竹馬的朋友。拉札爾在上學期間參加軍訓營時曾經見證行動笨拙的格林斯坦遭受欺凌，卻沒有出手相助。如今他與格林斯坦已經四十多年沒有聯繫，但就在兩個星期前，格林斯坦突然打電話找拉札爾，邀請他前來觀看演出，「我希望你來看看我，真的來看看我，而後告訴我。」拉札爾反問：「告訴你什麼？」「告訴我你看到了什麼。」還沒自喪妻之痛走出來的拉札爾雖然不太情願，但沒有拒絕。

在小說中，拉札爾還充當了敘述人這一角色，換句話說，小說敘寫的正是拉札爾所目睹的一切。這樣一來，格林斯坦的言談舉止便有機會在拉札爾的腦海裡得以不斷放大。格林斯坦幾乎以吶喊的方式，向觀眾道出他悲慘的童年以及人生中遭受的種種創傷。他的母親是大屠殺倖存者，患有精神疾病，經常需要有人看護。父親脾氣暴躁，經常對他拳打腳踢。後來他參加了為期一週的軍訓，同樣遭受欺凌。而此時，他患上了前列腺癌，等等。格林斯坦作為大屠殺倖存者的後裔，顯然繼承了父輩所擁有的某種內在創傷，這些傷痛成為其創造力的源泉之一。他需要有人證實他的痛苦，並告訴他儘管遭遇人生中的種種不幸，他還是生存下來。但是，他在舞臺上不連貫的吶喊並沒有引起觀眾的震撼，反而令有些觀眾起身離去。

雖然讀者並不十分確定格林斯坦講述自己可怕童年的真正原因，但至少可以斷定作品本身並非單純書寫脫口秀演員的故事，而是蘊藉著作家對藝術、苦難、非常態社會與人的生存命運的深沉思考，從某種意義上可以說是從以色列現實出發反觀整個人類境況。雖然這是一部帶有喜劇色彩的小說，但在很多情況下它令人痛徹心扉。

愛與生命之痛

痛，是近年來大衛·格羅斯曼生命中的一個重要特徵。這位在一九五四年生於耶路撒冷的以色列本土作家，自二十世紀七、八十年代便開始文學創作，迄今已經發表十餘部長篇小說，以及多部隨筆集和兒童文學作品，其作品已被翻譯為三十六種文字，並獲得多種文學獎。確如曼布克國際文學獎獲獎詞所說，這是一位雄心勃勃的作家。格羅斯曼一直關注巴以關係、大屠殺等重要而敏感的話題。

他發表於一九八六年的長篇小說《證之於：愛》（1986, See Under: Love）一經問世，《紐約時報書評》便將之與福克納的《喧嘩與騷動》、格拉斯的《鐵皮鼓》等經典作品相比。長篇小說《羔羊的微笑》（1983, The Smile of the Lamb）以及《黃風》（1987, The Yellow Wind）、《在火線上沉睡》（1992, Sleeping on a Wire）、《死亡作為一種生活方式》（2003, Death as a Way of Life）等隨筆集率先涉獵約旦河西岸與巴勒斯坦難民營生活，帶著良知拷問巴勒斯坦人的生存境況。

在巴以問題上，格羅斯曼始終是個理想主義者，認為以色列人需要給巴勒斯坦人和平與平等的權利，而巴勒斯坦人也要認清以色列人的存在，希望巴以兩個民族求同存異，有國界而無戰爭。在他看來，「作家的任務是把手指放在傷口上，提醒人們不要忘記人性與道義問題依舊至關重要。」他一直在描寫個人傷痛、集體傷痛，有些主題雖然危險而令人生畏，但產生了令人感動的文學。

與許多普通以色列人一樣，格羅斯曼非常重視家庭生活，對子女充滿關愛。但是，生活在以色列，他對子女的未來不免憂心忡忡，在一九九七年和二〇〇一年兩次與筆者的交談中，他都不同程度地流露出這種情緒。作為三個孩子的父親，他從孩子們出生的那一刻起就開始擔心他們能否平安長大。格羅斯曼和夫人從來不讓其中兩個孩子一同乘坐公共汽車出行，這是因為當時以色列的公共汽車經常遭到恐怖襲擊，萬一孩子們乘坐同一輛公共汽車時遭遇不測，後果將不堪設想。

但是噩運還是光顧了這個不幸的家庭。按照以色列兵役法，無論男女，十八歲都要服兵役。格羅斯曼的長子約納坦和次子烏里都曾在裝甲軍團服役。二〇〇六年八月第二次黎巴嫩戰爭期間，格羅斯曼的次子烏里隨以色列部隊奉命進入黎巴嫩，格羅斯曼則與另兩位追求和平的左翼作家奧茲（Amos Oz）和約書亞（Abraham B. Yehoshua）共同呼籲停火。兩天後，就在停火前的幾個小時，烏里的坦克車被炮火擊中，烏里與坦克上的所有以色列士兵一起遇難。烏里死後，格羅斯曼生活中的許多東西都發生了改變。但他還是相信以色列必須與巴勒斯坦實現和平。越不實現和平，越會有更多的年輕人喪生，越會有更多的家庭遭受不幸。

把傷痛轉化為文字

二〇一〇年，格羅斯曼曾應邀訪問中國，我們再次有機會談及創作與人生。從幾年前次子烏里要服兵役開始，格羅斯曼在創作中便直接描寫身邊的現實，描述外部局勢的殘酷如何干擾一個家庭，最後將其毀滅。兒子在第二次黎巴嫩戰爭中死去後萌生的災難意識影響著他人生中的分分秒秒。記憶的力量確實巨大而沉重。然而，寫作為他創造了某種空間。在這個空間裡，死亡不再與生命截然對立，在寫作時，他感到自己也不再處於「受難者」與「侵略者」之間的二元對立中。在寫作時，他是一個完整的人，在他的各個部位之間具有自然的通道，有些部位在不放棄其身分的情況下更為親近苦難，親近以色列敵對方所持有的正義主張。

二〇〇八年，大衛．格羅斯曼發表了轟動一時的長篇巨著《直到大地盡頭》。這部作品的寫作始於烏里服兵役期間。每逢烏里休假回家，或在電話裡與父親聊天，都會詢問此書的進展。小說希伯來文標題的含義為「逃離消息的女人」，講述的是以色列女子奧拉期待即將結束兵役的幼子奧弗平安歸來，並計畫母子一起到加利利旅行。不料奧弗擅自做主，報名加入志願者，去參加新的軍事行動。奧拉感到非常憤怒、難過與擔心，為「逃離」隨時可能收到的奧弗殉職的噩耗，奧拉選擇按照計畫北行，陪同她的是昔日的好友與情人阿夫拉姆，即奧弗的生父。而與她分居多年的丈夫伊蘭正與長子亞當在南美旅行。作品殺青之時，烏里已經離開人世。作品不僅流露出格羅斯曼作為以色列父母的內在焦慮，以及對子女的關愛與牽掛，而且表現出他對以色列人生存狀況的擔憂。作品著力顯現的不僅是以奧拉為代表的以色列母親們的傷痛與擔憂，以及奧拉家庭可能遭受的毀滅，而且透視出如今以色列人令人擔憂的命運，即在很多情況下人們不得不違背個人意願去獻身。

二〇一一年，格羅斯曼發表了又一部表達喪子之痛的作品《擺脫時間》（**Falling Out of Time**），這是一部詩體小說。書中一位不知名的父親有一天突然向妻子宣布他要離開去往「那邊」，去尋找他們死去的兒子：

我得去。
去哪裡？
去他那裡。
哪裡？

他那裡，那邊。

去事情發生的地方？

不是，不是。那邊。

那邊，你什麼意思？

我不知道。

你可別嚇唬我。

只是再一次看看他。

可你現在能看到什麼呢？還留下了什麼可看的？

我也許可以在那邊看見他。

也許甚至能和他說說話。

就這樣，這位父親踏上了尋子之旅。在路上，他碰到許許多多失去孩子的人，他們當中有助產士，有補網者，有上年紀的數學老師，甚至有公爵。他們同樣陷於巨大的喪子之痛中。於是這些人一同行走，且擁有了「行走者」的共同身分。他們提出了許多經歷喪親之痛的人們所思考的共同問題：能否，即便是瞬間，可以喚醒死者，使之不受死亡的控制？一位父親對死去愛子的深深思念由此力透紙背。

格羅斯曼的作品雖然十分具有個人色彩，但其重要性與衝擊力卻不能低估，讀者勢必會在父母個人傷痛與民族傷痛之間建立起一種象徵性的聯繫。雖然把傷痛轉化為文字絕非輕而易舉，但格羅斯曼竟然奇蹟般地實現了讀者的這一期待。

國家圖書館出版品預行編目（CIP）資料

一匹馬走進酒吧 / 大衛.格羅斯曼(David Grossman)著 ; 陳逸軒譯
. -- 初版. -- 臺北市 : 大塊文化, 2018.02
面；　公分. -- (to ; 102)
譯自 : A horse walks into a bar
ISBN 978-986-213-861-8(平裝)

864.357　　　　106024559

L O C U S

LOCUS

LOCUS

LOCUS